Staread
星文文化

愿你
顺风顺水

自成
山海

DTT

著

江苏凤凰文艺出版社
JIANGSU PHOENIX LITERATURE AND
ART PUBLISHING

图书在版编目（CIP）数据

愿你顺风顺水，自成山海 / DTT著. -- 南京 : 江苏凤凰文艺出版社, 2024.7. -- ISBN 978-7-5594-8706-3

Ⅰ. I267.1

中国国家版本馆CIP数据核字第2024PJ5506号

愿你顺风顺水，自成山海

DTT 著

选题策划	宋　鑫
责任编辑	王昕宁
特约编辑	宋　鑫
出版发行	江苏凤凰文艺出版社
	南京市中央路165号，邮编：210009
网　　址	http://www.jswenyi.com
印　　刷	北京盛通印刷股份有限公司
开　　本	880mm×1230mm 1/32
印　　张	9
字　　数	190千字
版　　次	2024年7月第1版
印　　次	2024年7月第1次印刷
书　　号	ISBN 978-7-5594-8706-3
定　　价	58.00元

江苏凤凰文艺版图书凡印刷、装订错误，可向出版社调换，联系电话 025-83280257

在接受任何主义之前,首先我们应该意识到,我们是一个个独立的个体。

我们的伟大和成就对这个世界来说轻如鸿毛，而我们偶然的错漏与失败也同样无足轻重。所以，要让错误止于错误，自省而不自责。

经由他者作为标的,"自己"这个概念才拥有外延,
就像在一张白纸上画出一个圈,圈内是自己,圈外是众生。
没有这条线,"自我"就是一个混沌的概念。

自我是一种流动性的东西,并非一成不变,
它既指引着我们如何应对这个世界,
同样也让我们因这个世界而实现塑造和改变。

天真是一种福气，而选择天真便是一种勇气了。
所谓知世故而不世故，
究其根本不过是一种对自我的高度接纳。

目录 CONTENTS

Part 1 走过三千世界，但我只成为我

放过自己吧，别人根本没那么在乎你 002

你是个好姑娘，你也可以有脾气 007

你开你的花，我结我的果 013

职场哪有什么"箴言"，花开百种、人各有异罢了 019

职场厚黑学，还是职场毒鸡汤？ 025

不想上班怎么办？ 032

你怕老吗？ 041

海海人生，一定要不虚此行 048

Part 2 心里四季如春，生活自会五彩斑斓

你努力挣钱的样子真美 056

不必迷信高情商 062

寸许微光，也可照亮一方世界 068

书写的意义 076

从前慢 082

某旅行者的日记 088

你是一个什么样的人，取决于你想成为一个什么样的人 090

MR.Chen，我坐轮船来看你 097

Part 3 抱怨满身泥泞，不如即刻负重前行

不要让贫穷成为不得志的借口　108

不抱怨真的很难吗？　114

"SOHO"是梦想的工作方式吗？　120

能够支配早晨的人，就能支配人生　128

人活着总会有好事发生，不是今天就是明天　135

原生家庭不是你一生的枷锁　142

女性需要的是支持，而不是支配　150

Part 4 真爱不会透支自己，只会丰盈自己

女孩要经过多少跌跌撞撞，才能长大成人　158

爱不是一蔬一饭，亦不是英雄梦想　166

她们的二三事　173

满分的爱情是六十分吗？　181

这世上的每一次拥抱，都将以松手告终　187

爱尔兰电影里的浪漫情绪　206

这世间的一切都是可以被原谅的　212

假如明天提前到来　217

Part 5 接纳生活的全部，便是一个人的顺风顺水

众生皆苦，我们并不特殊　228

我们没必要活成性别的反面　234

你不需要一定强迫自己积极向上　240

人生没有捷径，真诚才是必杀技　247

吃得了甜，咽得下苦，成熟的人生无非如此　253

心之所向，皆为远方　260

归根结底，是家人哪　268

PART 1

走过三千世界，
但我只成为我

放过自己吧，
别人根本没那么在乎你

前阵子马小姐跟我分享一个职场观察发现，她们公司的一个"95后"新员工因为粗心，打印错了会议资料，以致延宕了会议进程。这是一个十分重要的会议，整个部门提前半个月开始筹备，且这份资料是经过马小姐反复核验修改过的，最后这个"95后"女孩打印了未经修订的版本。事后，这个女孩虚心接受批评并道歉。但让马小姐十分意外的是，在公司这么多高层参与的一个会议上，出了这么大的一个纰漏，犯错的女孩却并未表现得诚惶诚恐。

"我在想这大概就是'90后'和'80后'最大的不同，如果换作是我，一定会十分懊恼、沮丧，过分自责和内疚，而这个女孩似乎觉得这并不是什么大事。"马小姐如是道。

这让我联想到，前不久我去参加提案会，因为宣讲的过程中出现口误，连吃了几个"螺丝"，因为宣讲前我准备了很久，所以这样的表现让我很自责：是不是再多默诵几遍就能避免口误？大大小小的公开演讲也参加过很多次的我，为什么还是会在这种内部提案会上紧张？是不是心理素质有待提高？"人非圣贤，孰能无过。"这种老生常谈的话，我们安慰别人的时候张口即来，可仍旧避免不了陷入"我为什么会犯错""我怎么能犯错"的内耗中，甚至衍生出一种自我贬低的倾向。

这种过分内疚的心理，带有某种"个人主义"的色彩，让我们在潜意识中认为自己至关重要，如果当众出了洋相，便会觉得大家该有多看不起自己啊，可事后却发现大家记得更多的是自己参与的那一部分，即自己表现得好不好。而自以为经历了大型社死现场的你，对别人来说不过是轻描淡写的一笔，并没有谁在意。

其实，在大部分时间里，我们对这个世界来说，并没有我们想象得那么重要。

有一次我们工作小组开座谈会，聊自己的优势和不足。当大家都急于迎合狼性文化，彰显自己对事业的热烈追求时，有一个1992年出生的女孩的发言就显得尤为特别。她说："我其实并不是一个特别有事业心的人，也不算特别有创意的人，但是我执行力不错，能很好地完成'螺丝钉'的工作。"这份坦白是高度自我认同的结果。不过度理想化自我，不矫饰自我的不足，能客观冷静地接受自我的局限，不盲目追求普适性的成功价值。这样的人，自我冲突越少，也就越为平和圆融。

"承认自己只是一个普通人。"这句话的语义在不同背景下可以有不同的理解，它既是一种英雄梦碎的悲壮，也可以是一个人对自我

在大部分时间里,我们对这个世界来说,
并没有我们想象得那么重要。

最大的包容和善意。

心理学上有一个概念叫"全能幻想",也称作"全能自恋",这是每个人在婴儿早期都具备的一种心理状态,当自我和外界的边界尚未建立时,我们认识到的世界中心就是自己,意味着自己无所不能,整个世界都是围绕着自己转的。正常情况下,这种心理随着"边界感"的形成,会逐步回归客观,慢慢理解自己只是时间和空间意义上微不足道的一部分。但有时候这种成长会受到阻碍,以至于很多人成年之后,依然会保有"全能幻想"的潜意识,每当遇到挫败和失意,便会转为一种自我攻击和自我惩罚。

英国国民级心理咨询入门书《蛤蟆先生去看心理医生》里反复强调:"没有一种批判比自我批判更强烈,也没有一个法官比我们自己更严苛。"

曾经我以为这种过度的自我要求是一种高自尊的表现,随着对心理学的了解,我意识到,恰恰相反,这是自尊水平较低的一种表现。过度的自我苛责折射的心理动机,是认为只有做到完美无瑕,我才是被接受、被喜欢,甚至是被爱的人。

那些勇于承认自己平平无奇的人,大多是安全型的人,在孩童时期被给予了足够的关注和爱,让他们更能接受真实的自我。

"悦纳自己"这四个字几乎成了所有心理问题的灵丹妙药。可是真正能做到悦纳自己并不是一件容易的事。首先你需要接受,这个世界不是围绕着我们转的,我们对这个世界来说,真的太过微不足道。我们的伟大和成就对这个世界来说轻如鸿毛,而我们偶然的错漏与失败也同样无足轻重。

所以,要让错误止于错误,自省而不自责。

我很喜欢李松蔚的一段话,他在知乎回答"总是陷入'我不如别人'的压抑情绪怎么办?"这个问题时,是这样说的:

> 我们对你没所谓的希望或失望,因为我们真正想看的永远是我们自己。你在烂泥里打滚也好,在深夜里大哭也好。你想:他们该有多看不起我啊。不会的,我们不鄙视,不失望,不关心。我们说:唉。紧接着就联想到自己。你有一天也许功成名就了,富贵荣华了,你想,他们该有多欣赏我,多感叹当初的有眼无珠啊!也不会的。我们不惊叹,不赞美,不关心,我们说:唷。紧接着就联想到自己。

是的,别人没那么在乎你,你也要学会放过自己。

你是个好姑娘，
你也可以有脾气

"我很会解读空气，和缓的空气、紧张的空气、尴尬的空气、敌意的空气。"这是《风平浪静的闲暇》里二十八岁惯于察言观色的大岛对自己最明晰的认知。而这份对于氛围的敏感的捕捉并没有为她的生活带来便利，反而成了她回避冲突、为营造一种和睦气氛不断让渡自我边界的借口。

明明带了便当，却因为无法对同事"Say no"，只好接受超出自己预算的午餐邀约；合照被拍到半睁眼的窘样，也不好意思提出来，还得假装开心地去同事的朋友圈点赞；明明不是自己的错，只因为同事一个求助的眼神，就主动背锅，被领导责骂；因为男朋友喜欢黑长直的发型，天生自然卷的她每天偷偷摸摸早起一个小时，就是为了把头发夹直；努力迎合男朋友的喜好、步调，只为了被称赞"是一个好的结婚对象"。

这么善良、体贴、惯于奉献的人，却并未得到理应的善待。同事在背后嘲笑她像是自己的专属外包工人,连工资都不需要付,说上几句奉承的话她就什么都肯帮他做。而男友对狐朋狗友戏谑道"跟她在一起不过是性生活比较和谐而已"。得知真相的她,突然感觉周围的空气凝固,因无法呼吸而晕倒了。

果然,空气不是用来解读,而是用来呼吸的。

经典精神分析学认为,攻击性是人与生俱来的一种驱动力,是一种实现自我的本能,是一种生命力的象征,"活出自己"就是修炼好自己的攻击性。讨好型人格对于冲突的回避,让他们看起来与世无争,事实上他们是将本应对外表达的攻击性,转嫁为对内的自我攻击。

我们的文化是培养"老好人"的温床,从小被教育"吃亏是福",要"付出不求回报",集体主义价值观要求我们"舍小我为大我","自我"被视为一种个人主义,迫使我们压抑自我的个性化表达。

职场上最健康的相处方式是互惠互利。我帮你,你也得回报以相应的帮助,而如果你一味地侵犯我的权益,我必定会递一块硬骨头给你,好让你知道食髓贪味是要付出代价的。

而朋友之间最重要的相处方式是尊重彼此的底线,再亲密也应有所为,有所不为。于爱人之前,更要明白我们爱上的是一个独立鲜活的个体,即便互享空间和时间,也依然有保留隐私的权利。

人和人相处就像下棋,首先需要确定规则,象飞田,马走日,车走直路炮翻山,最怕那种糨糊一般暧昧的一团和气。有的人用你的软肋当作段子,你生气,他说玩笑而已,不要当真;有的人用带颜色的

人和人相处就像下棋,
首先需要确定规则,
象飞田,马走日,车走直路炮翻山,
最怕那种糨糊一般暧昧的一团和气。

玩笑冒犯你，你生气，他说成年人，别那么敏感；有的人有借无还，你生气，他说，忘了而已，别那么小气。下棋就是挑朋友，那些不守规则横冲直撞的人，不配做你的朋友。

讨好型人格的人不懂拒绝，看似无条件地满足了别人的需求，其实是一种对深层连接的回避。我时常说好朋友是吵出来的，吵架是一种激烈的情感交流。在磨合的过程中，你知道哪些是我的痛点，我也知道如何呵护你的真心。一味地息事宁人、回避冲突，也就关闭了与他人进行深入交流的通道。大部分老好人看似好相处，跟谁都和和气气，但你会发现跟他们相处似乎总有一层隔膜，有一种疏离感，很难成为无话不谈的挚交。自我暴露程度是人际关系亲密度的测量仪，如果两个人在长时间的相互交流中，一方没有安全感而一味地藏而不露，不把自己的真实想法与对方分享，会让对方感到不够真诚相待，从而两个人的关系发展也会受到阻碍。

形成讨好型人格的另一层心理动机是害怕得罪人。特别是在职场上，大家本不是因为相同的兴趣爱好而聚到一起的，虽然在一个集体内看似拥有共同的利益目标，但本质更是竞争对手，老好人们塑造一个不争的形象，实则是对这种竞争关系的逃避，一味地退设底线，希望别人能放自己一马，结果却引来对方一再地得寸进尺。两个人的气场对峙，存在一种此消彼长的关系，你弱他就强。

我曾经就职的公司有一个销售，因为把持着业务出口，待人态度十分霸道蛮横，大部分内容生产部门的同事虽然心生怨念，但为了产品的销路，不得不对他礼让有加，这进一步助长了他的嚣张气焰。有

有原则、有保留地让渡自我,
才是对那些真正值得我们付出的人的最大诚意。

一次这个同事需要我撰写一份促销策划案,并要求我周五提交,然而他周四下午就在内部通信工具上勒令我必须下班前交,否则就没我的产品促销位了。见我没理他,又打电话来催促,态度一点不客气。我冷静地回复了三个字——"随便你",他明显愣了一下,显然没想到我会这么强势地回复他,咬牙切齿地问我这句话是什么意思。

"字面上的意思。"说完我就挂了电话。

那份策划案我周五按时提交,我的产品依然上了推荐位,此后这位销售见了我格外热情,每次有促销活动都率先给我的产品预留推荐位,还不忘卖一句好:"是因为相信你,我才争取了这么好的位置。"

我不是宣扬社会达尔文主义,也不完全认同弱肉强食的丛林法则,这个世界并不是坚冰一块,依然有温情,有善意,有投桃报李、投木报琼。大部分的人依然是值得我们付出真心的,但这种付出不是无差别、无条件的。有原则、有保留地让渡自我,才是对那些真正值得我们付出的人的最大诚意。

正如《鸡毛飞上天》里殷桃饰演的骆玉珠教育自己的儿子:我们不欺负人,但别人也不能欺负我们。

别让高尚成为高尚者的墓志铭。你是个好姑娘,你也可以有脾气。

你开你的花,我结我的果

请赐予我平静,好让我能接受,我无法改变的事;
请赐予我勇气,好让我能改变,我能去改变的事。

——雷茵霍尔德·尼布尔

有个读者跟我倾诉过一件导致友情渐行渐远的小事,她的朋友最近遇到一些工作中的压力,轻微失眠。于是她每天都会精心挑选一些助眠的音乐发给朋友,希望帮她度过难眠的夜晚。晨起第一件事就是再准备一首节奏轻快的音乐,希望给她的一天带来满满的元气。可是朋友并未对她分享的音乐给予肯定的回复。几天以后她忍不住问:"我发你的歌你听了觉得如何?"那位朋友诚实地告诉她自己没有点开。她略带不满地追问:"一首都没点开吗?"片刻之后朋友回复:"是。"

她觉得很受伤,自己费了那么多心力筛选的音乐,对方却连动动手指点开都不愿意。她很不理解,明明是为了对方好,对方怎么完全不领情。于是便赌气似的跟那位朋友陷入了冷战。

"我用心分享的啊,还计算了音乐的节奏跟当下的时间段是不是吻合,flow[1]是不是切题,歌词意境是不是贴合,她以为我是随随便便转发的吗?"

一种真心错付了的委屈,这是常见于友人之间的失衡心态。原本是两个人相互帮扶以对抗世界,却因为这种微妙的不平等,变成了相互之间的对立和抵抗。

"她可能因为焦虑,没有欣赏音乐的那份闲情。"

"她可能疲于生活,没有聆听那份暖意的时间。"

也许这样换位思考的回答能安慰到那颗委屈的心,但我更想从"课题分离"的角度去跟她探讨这个问题中的矛盾。

课题分离是阿德勒心理学中处理人际关系的关键理论,这种理论认为,一切人际关系的矛盾,都起因于对别人的课题妄加干涉,或者自己的课题被别人干涉。为了解构这种矛盾,就必须明确连接两个人的一件事情中,哪一部分是自己的课题,哪一部分是他人的课题。简单来说,结果谁负责就是谁的课题。

在这位读者的故事中,属于她的课题到她分享音乐的那一刻就结束了。至于她的朋友是不是听了她分享的音乐,是不是被她的用心治愈到,都不在她的掌控之中,也不属于她的课题。朋友的焦虑和压力、低落和失意,最终的承受者都只是她本人而已,所以当她做出"支持""陪伴"的决策时就需要明白,这毕竟是那位朋友自己的

---

1 指说唱者在演唱过程中,根据歌曲的节奏、速度、音量等方面来表现出的韵律和技巧。

战场。

那你分享音乐的初衷到底是什么？是帮助这位朋友更好地消解负面情绪，还是为了得到朋友的肯定，以便确认自己的价值？真正让这位读者伤心的，并不是朋友没有被疗愈到，而是她的付出没有得到赞许。人之所以喜欢介入别人的问题，都是为了追求一种自我满足的心理，通过影响他人来实现自己的控制欲，或者通过他人的认可来满足自己的心理需求——所以，你介入他人的问题的根本目的不是为他好，而是为了满足自己。

我不是在批判这位读者，而是试图找出我们常见的思维误区。因为我曾经也被相似的问题困扰过。

我有一个相见如故的前同事，关系融洽，在职场中相互帮扶，一起面对过很多糟糕的境遇。因为业务调整，她被裁员了。随后在找工作的过程中又屡屡受阻，那段时间，她整个人都处于一种自我否定的消极情绪里。

为了帮她尽快走出逆境，我联系相熟的猎头，帮她投简历，让朋友帮忙内推，督促她振作起来去面试，并隔三岔五地追问结果。但这份付出并没有得到感激，反而被视为一种让她不堪重负的压力。

曾经，我也为此感到很受伤，甚至"寒了心"，赌气地认为她"不识好人心"。后来接触到"课题分离"的概念，我才逐渐意识到，是自己介入了她应该自己去面对的课题。我帮她投递简历是"帮助"，可后面延伸出来的"督促她振作"和"追问结果"无形之中带有一种"高人一等"的压迫性，潜台词是告诉她这么做才是对的，这侵犯了她选择回应这个世界的自由。是的，沉沦也是一种自由，就如同放纵、懒惰、吃垃圾食品、不健康的生活方式……当我们以"为你好"的名义施以劝诫、说教的时候，很容易被理所当然的正义性所裹挟，误判了它实际上就是"妄加干涉"的本质。

职场中有一句话：只在别人提出需求的时候给予帮助，否则容易陷入"好为人师"的困境。

可是在亲密关系中，很多需求是隐形的，当我们察觉到对方没有明确提出的需求时，难道要视而不见吗？这难道不是另一种形式的冷漠和疏远吗？

当然不是，要知道在人际关系中如何互动、如何交流、如何回应都是我们自己的课题。一个人是没有办法真正完全掌握另一人的想法的，即便你自以为深深地理解、了解对方。因为想法不是一成不变的，人的想法有时候是偶然产生的，所以，对方的想法是一个变量，属于我们不可控的范畴。我们只能对自己可以控制的部分负责。

付出真心可能得不到回应，就像只要表达就会有被误解的可能，我们要问自己是不是还愿意去付出，去关心，去交流，是否还愿意不求回报地去给予。如果答案是肯定的，那么恭喜你，你已经从"被辜负""被曲解"的情感纠缠中解脱了。说到底，课题分离不是让人变得更冷漠更疏远，而是让人明白什么是我们能控制的，什么是我们无力改变的，我们只对自己能控制、能改变的那一部分负责，接受无法控制、无力改变的那一部分的存在，并与之共存。

课题分离不仅仅有助于处理人和人之间的关系，也有助于处理我

课题分离不是让人变得更冷漠更疏远,而是让人明白什么是我们能控制的,什么是我们无力改变的,我们只对自己能控制、能改变的那一部分负责,接受无法控制、无力改变的那一部分的存在,并与之共存。

们和外界的关系。

全球范围内的经济退行，高频发生的"黑天鹅事件"让我们对未来充满了悲观，即使那些在裁员潮中幸存下来的人，也很难不被焦虑所裹挟。要想消弭这种对于未知的忐忑、对于不确定性的恐惧，就更需要明白，很多事，大到环境的变化，小到他人的态度、观念都是我们无力控制的。我们只需聚焦于那些我们能够把握的事情，并在能力范围内做到最好：保持健康的饮食，坚持有规律的运动，去享受这个世界免费的美好，去呼吸，去晒太阳，去聆听虫鸣鸟叫，去细嗅花香草青，去轻抚微风细雨，去爱你想要爱的人和事，真实地回应内心的感受。

职场哪有什么"箴言", 花开百种、人各有异罢了

　　工作至今,已有近十个年头,行业也换了两三个,待过氛围如家庭式的非典型性职场,也进入过互联网巨头,所谓的"大厂",但我很少写关于职场的"金科玉律"。

　　所谓的"职场关系",说白了就是人和人的关系,人各有异,那人和人的关系自然就不能用简单的通理来形容概括。有人劝诫:"千万不要在职场交朋友,会跌得很惨。"这句话并不新鲜,曾出现在很多职场箴言里。我也会心疼这么说的朋友,想必他曾经被"朋友"伤害过。但我身边有很多维系了十年情感的朋友,都是我从职场中收获的。我们相互扶持着走过低潮,真心为彼此的成就开心,困境时可以托付,绝望时可以信赖,我们可以安心分享内心某一片不甚光明的执念,而不担心被误解、被批判的,我们可以笃定地互称对方为自己的"挚友"。

　　人啊,都是在不断变化的,在不同的成长阶段、不同的环境里呈

现出来的色泽总归有些许不同。再杏嗇的人都会有慷慨的时候，再温和的人，也有陷入执念对某一个人尖刻的时候。人和人的关系讲究缘分，也许不会绵延很长，但并不能因此否认，在某一个阶段，你们是能够交心陪伴的朋友。如果有一天关系出现了裂痕，交情转淡，那无非就是缘分尽了。

不要在职场交朋友，其原因可以理解为怕受伤，在一个彼此竞争的环境里共处，是对友情和人性最大的考验。可是如果我们换一种思路来理解"受伤"这件事，肌肉的生长需要经历撕裂重建的过程，使它更加强健，受伤其实也是一种被迫性的心灵成长，锻炼内心更加强大。如果因为被朋友伤害过，十年怕井绳，以封闭自己的方式去避免伤害，不仅杜绝了友情的滋养，也错失了让自己更有力量的机会。

在出版社工作的时候，我当时负责的一本小说，因为作者是新人，内容也并非热门题材，本想去参加定级会为自己的项目增加一个初级的资源配置，谁料在定级会上，老板对作者的文笔和核心概念很感兴趣，这本小说破例被定为A级。而同事负责的准备冲A级的"热点"小说只被评为B级，这位同事当下情绪激动，认为是领导对我的偏袒，发表了较为激进的言论，加上一些无关人等的推波助澜，导致这件事发展成为对于我的职场孤立。那阵子，一个办公室的人三五成群一起外出吃午餐，剩我一个人对着电脑继续编校文稿；邻桌外放的音箱里唱着赵传的"你是不是像我在太阳下低头"，伴随着佯装"哀怨"的叹气以表达对于"不公"的不满。

那时的我难受吗？肯定会难受，但也是这种有限度的难受让我发现了自己的强大。学生时期因为某些龃龉而被疏远，我会觉得天都塌下来了。而走入职场的我，有自己的同好圈子，有体贴陪伴的朋友，有真心热爱的工作，有享受独处而不怕寂寞的心态，一个人上下班，一个人吃饭，一个人沉浸在文字塑造的奇妙世界里。当一个人有了广袤的天地，这些孤立，只能让你不快，却不能将你打倒。

后来，那位涉事的当事人主动向我抛出了橄榄枝，坦承自己当时被激烈的情绪所困，加之旁人的有心挑唆，最后骑虎难下。后来我们先后离开了那家公司，甚至离开了那个行业，但至今仍然是很好的朋友。

看到这里，也许有人会觉得我要熬一碗"鸡汤"喂给读者。不过，我的修养和格局还没达到"以德报怨"的高度，我曾经也深受困扰，我只是做好自己分内的事，为什么会招致别人的嫉妒、猜忌和抵触呢？不必过于理想化人性，理解人性的阴暗也是客观世界的一部分。承认黑暗才能确定光明，这个世界上有太多事是我们无法左右的，比如他人的狭隘、固执、误解和敌意。而我想说的也不是老生常谈的"改变不了世界的时候就改变自己"，只是试着换一种角度去看待问题，从中汲取可利用的资源迫使自我成长。

一个人顺风顺水的时候，必然会招人眼红，赞誉和诽谤齐飞，这似乎不算不公平。面对那些诽你谤你的人，不用过于纠结，不用急于辩解。心不动，风也罢，幡也好，最终都会归于平静。一个见不得别人好，总想做出阻拦之事的人，其实是很可怜的，被嫉妒滋扰的内心是很难体验到平和和喜悦的。他怨世道、愤不公，把他人视为假想

心不动，风也罢，幡也好，最终都会归于平静。

你独特的光芒并不会被别人的灿烂所遮蔽,
你行过的路,读过的书,付出过的努力,
并不会被别人的成功稀释掉。

敌、拦路虎，是很难客观地审视自我，察觉自己的不足的。

　　遇到这样的人，不妨把他当成一面可以自我观照的镜子，人不能免俗，嫉妒之心人皆有之，但你要相信，你独特的光芒并不会被别人的灿烂所遮蔽，你行过的路，读过的书，付出过的努力，并不会被别人的成功稀释掉。人生难免潮涨潮落，很多时候我们和他人只是处于不同的浪潮里，并没有统一的刻度，怎么比？但是我们可以跟过去的自己比，今天有没有比昨天更豁达、通透？明天会不会比今天更坚韧、自信？专注自我，向内求，一步一个脚印地踏实前行，总会收获属于你的耀眼灿烂。

　　人生啊，是一场长跑，偶尔慢一点也没有关系。放缓脚步，看看云卷云舒，看看莺飞草长，望一望远处的万家灯火，品一品这喧嚣的人间。

　　世界上并没有一个你需要追逐的背影，职场也好，人生也罢，说白了，最终只是你一个人的比赛而已。

职场厚黑学，还是职场毒鸡汤？

前阵子我跟朋友讨论，如果把古装宫斗剧的套路用来写职场剧，大抵也是好看的。不妨把老板视为皇上，副总当作皇后，各部门高管一一代入各阶妃嫔，还有一些人是"入宫"较早，深谙"各种利害关系"的嬷嬷和太监。剧情主线是一个初入职场的小白如何用宫斗手段一路打怪升级。

当然，这只是一句笑谈，宫斗套路并不能真的用作职场生存守则，大概写成职场剧也乏善可陈。宫斗剧之所以好看，是因为斗争手段的直白化：一言不合就往仇敌的饮食里下药，冒犯上级轻则体罚，重则害命，以及一些看似合理实无根据的伪科学。管他什么现实逻辑，只要够爽就行。这些桥段要是放在法制健全的都市剧里，岂不贻笑大方？

其次，古代后宫里的女人机关算尽争恩夺宠，是因为皇权至上，她们一辈子只能囿于宫墙之内，身家性命皆受制于皇恩。而现代职场是双向选择，你不领这家的工资，还能吃那家的饭，不在东家含苞，还能在西家绽放。市场经济的流动性和开放性，让谋生的手段有了多样性，谁都不用在一棵歪脖树上吊死，自然没了只唯上的动力。

虽然是一句玩笑话，但不少写给年轻人的职场箴言经常用厚黑学的思路来误导职场新人，无限放大正常的资源竞争，把职场比拟为宫斗，营造一种人人自危的癫狂气氛。比如耳熟能详的"职场无朋友，信一次栽一次"。

职场无朋友，无非是说因为有竞争关系，导致同事间的交情不纯粹。这种观点既谬看了竞争，又小瞧了友情的弹性。我从来不觉得友情这件事只是你好我好一片祥和，即便是学生时代的友情，也会因为样貌、家境、成绩等诸多因素而生出"嫉妒"的心理，但人的成长，不就是在经历了这些心理失衡之后，逐渐明白什么才是对自己最重要的吗？

在哪里都可能收获友情，而友情也不是一成不变的，有些人注定只能陪你走一段路，她或许带着使命来，陪伴你走过一段艰难的时光，让你明白一些道理，在下一个路口，便各奔东西。所以我同样不认可"人走茶凉"这句话对人性的鄙薄，人走茶自然凉，就像我们走入社会之后，跟学生时代的朋友渐行渐远一般，缺少了共同的话题，成长的步调逐渐相异，自然来往便不如往昔。

这么多年的职场经历让我明白，人和人最大的差距，不在能力，而在认知逻辑。有些人机敏灵活，知人情懂世故，但往往乱花迷眼，看不到底层因果。比如，对于有人找关系递给大领导的项目，机灵的人会揣度背后的利害关系，即便项目问题颇多，也极力包装吹捧，自以为是揣度上意。而商业社会人情错杂，既然领导把评估的权力下放，那便在其位谋其政，实实在在地分析优劣即可。用专业的眼光做专业的事，背后的利害关系，自有领导决断。最后无论成功与否，都不负你的专业判断，还在知人善任的领导那里留下一分"实事求是"的印象。所以，别因"小聪明"而失了"大格局"。

曾经的一位领导跟我说过，其实在领导那个位置，看下面的人是一清二楚的，这个人说这话背后怀揣的小心思，那个人做那事的小动作，都逃不过领导的眼睛。另一个朋友也跟我说，当上领导之后，才发现以前在老板面前耍的花活儿有多么不可遁形，老板不过是看破不道破罢了。

前阵子一个朋友遇到了一个职场困局，说与我分析。他们公司作为乙方跟另一个公司的合作项目，经过双方领导磋商，定了合作意向，但是在实际的签约执行过程中，遇到诸多不顺。他揣测是不是甲方公司实际上并不想做这个项目，碍于一些人情往来，所以不便直言，而是通过在执行层面设卡的方式来"夭折"这个项目。

细细说来，那些所谓的"不顺"不过是两个公司之间就合约条款内容的正常博弈而已。一个上市公司的老板是很忙的，做不做一个项目无非是判断一个项目的利弊得失，既然大的合作方向都已经确定了，何必做这些无谓的动作。他的担心，无非是放大了"人情"在项目里的作用。如果甲方老板真的要通过如此迂回的手段来婉拒这个项目，最终不也说明"人情"并不是关键因素吗？

职场关系说到底还是人和人的关系，
有人的地方就有江湖，一个大家庭中尚难免纷争，
所以不必把职场人际关系妖魔化，
更不必违背心性，把自己异化成灵魂扭曲的人。

我劝他少一点关于阴谋论的揣度，多一点正向思维，踏踏实实地解决执行层面的问题。最终这个朋友与对方经过一段时间的"讨价还价"，项目得以顺利推进。

阴谋论的本质在于利用信息的不对称，放大其不可证伪性，无可无不可，无是无不是，这种模棱两可的特征，其实对行动不具有指导意义。就如前文提到的那位朋友，揣度两个公司背后的人情交锋，对于他个人的行事准则有什么帮助吗？

职场关系说到底还是人和人的关系，有人的地方就有江湖，一个大家庭中尚难免纷争，所以不必把职场人际关系妖魔化，更不必违背心性，把自己异化成灵魂扭曲的人。在哪里都有行事率真的人，也有虚与委蛇善于打太极的人，但你要相信，能跨过一个门槛进入职场的人，都不笨。人有时候比别人就只聪明几分钟，事后稍加回味便知其中关窍。人与人之间的长久相处凭的还是人品和能力。

我始终认为现代社会太过于看重"情商"，却误以为情商就只是会说话。"见人说人话，见鬼说鬼话"不过是高情商的误区，每一句言不由衷、心口不一的话都是对灵魂的磨损。《遥远的救世主》里，丁元英要去五台山，芮小丹因为工作不便一同前往，丁元英说："即便不是因为工作，带着你也有一些不方便。"芮小丹笑说："我都说了不能去了，你深深表示一下遗憾也就罢了。"而丁元英的那句回答，却让我回味了许久："这就是圆融世故，不显山不露水，各得其所。可品性这东西，今天缺个角，明天裂道缝，也就离坍塌不远了。"

这几年我越来越觉得，终其一生能怀抱着一种确定的信念坚定地

真正能带领我们通往幸福的,是知行合一带来的自洽,
是知道自己是谁,要去到何方。
是冷眼旁观那些自转的陀螺,不被世俗的成功定义卷进旋涡,
敢于顺从自己的内心,特立独行。

走下去的人是幸运的。我们的焦虑时常来源于一种迷茫，来源于一种与群体离散的恐慌，别人做什么，我们也要做什么，虽然并不明白其中的关窍，但似乎只有这样才不至于被视为异己。别人在酒桌上奉承，我们也要鹦鹉学舌似的附和；别人把加班默认成一种职场文化，你即便完成了工作也只能跟着一起磨洋工；别人在背后搬弄是非，你却不敢只当个听众，也得搜肠刮肚地贡献一二。

人类学家项飙把"内卷"描述为一种"不断抽打自己的陀螺式的死循环"，人们在日常生活的方方面面拼尽全力，以使自己在社会上获取少量竞争优势，挤占他人的生存空间，同时造成精神内耗和浪费。

人生需要一种定力，敢于坚持那些你真心相信的，勇于舍弃那些你不需要的。真正能带领我们通往幸福的，是知行合一带来的自洽，是知道自己是谁，要去到何方；是冷眼旁观那些自转的陀螺，不被世俗的成功定义卷进旋涡，敢于顺从自己的内心，特立独行。

不想上班怎么办？

朋友圈隔三岔五就有关于"不想上班"的讨论，每当有人为此征询我的意见，我只会说："那就辞职吧。"往往对方就会列举各种"但是"来支撑他没办法辞职的理由。

"同事蠢，老板坏"，这是职场通病，换一个工作就能避免吗？

"我又不像你，有写作作为第二职业，即便不工作也有收入来源。"

"我现在的年龄很尴尬，又不是刚入社会的年轻人，试错成本低，即便出去闯几年不成功还能回到职场。等我出去浪几年，再回到职场被年轻人领导，我可受不了。"

"微信公众号的红利期已经过去了，现在再想冷启动根本就是不现实的事，再说我又没有过人的专业背景，也没有推广资源，干不了干不了。"

大部分来跟你探讨辞职想法的人，不过是希望你枚举种种来安慰他那颗焦躁不安的心。真正下定决心辞职的人，都是悄然独行的。当你真的想做一件事，不要告诉别人，因为当你说出来的时候，已经启动了大脑的奖赏机制，误认为这件事已经做成了，最终消耗了你的决心和意志力。

这里说的辞职，不是指跳槽，而是说放弃职场路径，选择自由职业或者自主创业。

就这一点来说，辞职其实是一件很简单的事，只需要明确几个问题：

1. 如果不工作，你是否有明确的职业选择方向，并对这个方向足够了解？
2. 你是否有足够的启动资金，除了创业需要的硬投入，还包括未来一到两年内，在没有稳定收入来源的情况下，你的资金是否足以支撑你的生活？
3. 你是否有足够的自制力，来支配没有外部干预的自由时间？
4. 你是否具有情绪稳定性，来面对社交缩减带来的孤独感？

拿公众号写作为例，很多喜好写作的，曾经在学校的期刊、社交网络上发表过几篇文章，被朋友同学称赞过文笔好、有才华的人，每天阅读十数篇公众号文章后可能会产生一种错觉：这种文章我也可以写。

但对于一篇成功的爆款文章，文笔并不是首要条件，如何找选

当你真的想做一件事，不要告诉别人，
因为当你说出来的时候，已经启动了大脑的奖赏机制，
误认为这件事已经做成了，最终消耗了你的决心和意志力。

题,如何找准各个不同群体间相同的情绪共鸣点,如何用最贴切的事例、最精确的观点引爆它,如何用最犀利并且博人眼球的标题吸引人点击它,才是关键。

运营一个公众号可不像个人化写作,依赖偶尔灵感乍现的神来之笔,而是需要高频次的更新和观点输出。很多成功的公众号写手可比上班辛苦多了,早上六点起床翻遍社交媒体、新闻媒体寻找选题,要不断复盘每篇文章的转换率,不断校准选题方向。为了保持更新,在医院排号的队伍里,蹲在小马扎上写写写;在一群朋友觥筹交错的饭局上,抱着手机写写写;在深夜 KTV 群魔乱舞的包厢里,挤在角落里抱着笔记本写写写。

上班时朝九晚六固定的通勤生活,时常让我们高估了自己的自律能力;每天累得不成样子,回家只想躺在沙发上打打游戏、刷刷剧的主观感受,也误把"累"和"产出多"画上了等号。

现代高协同、重沟通的工作方式,让我们脱离了按劳分配的计件模式,可以说企业支付给员工的工资,购买的是每天十个小时的劳动时间。而在工作时间内有多少时间是真正用于工作的,这大概率是个玄学问题。

所以如果没有上下班时间的约束,你是否能做到按时起床?自由职业的获利完全依赖劳动成果的产出,你是否有自信能抵御美剧、综艺、游戏等极其丰富的娱乐内容的诱惑,岿然不动地伏案创作?

上班是现代人满足物质需求和精神需求的重要甚至是唯一的手段。因此我们常常狭义地把"挣得多"或者"干得开心"作为工作

如果没有上下班时间的约束,你是否能做到按时起床?

的先决条件,而忽视了工作为我们提供的社交属性。

知名博主"反裤衩阵地"作为一个拥有成功经验的自由职业者,对"上班"这件事的理解是:"上班就是将自己置身于一个集体组织之中,深受规则束缚、人际烦恼的同时,也从中得到抵御孤独的力量和稳定情绪的锚。"

关于这一点,我深以为然。工作是大部分人人际交往的主要场所,无论你是否喜欢与你共事的同事或是领导,他们都的的确确构建

绝对的自由往往是令人绝望的,需要强大而独特的灵魂去承载。

了一个真实的社交场景，在这个场景里诞生的沟通、交流、碰撞是支撑我们生活的经度和纬度，让我们不至于滑落到无垠的荒漠中，并在十字交叉的间隙享受相对的自由，而绝对的自由往往是令人绝望的，需要强大而独特的灵魂去承载。

加拿大麦克吉尔大学的心理学家曾经进行过一个"感觉剥夺"实验：给测试者穿戴上各种隔绝五感的装备，让其单独置身于实验室中，几小时后测试者开始感到恐慌，进而产生幻觉……在实验室连续待了三四天后，测试者会产生许多病理心理现象：出现错觉、幻觉，注意力涣散，思维迟钝，感到紧张、焦虑、恐惧等，实验后需数日才能恢复正常。

与之相似的是，生活中的人际交往就是不断刺激我们做出各种情绪反应的元素，由此产生的喜悦、愤怒、感动、哀伤和开心等复杂的情绪是使我们免于跌入"无意义"的虚妄感受的底层建筑。

朋友、家人和爱人能带给我们的是更高级的情感体验，让我们感受到无条件的爱，让我们可以安心袒露真实的想法而不必担心会被评头论足。但生活中除了这些高级的情绪，还有许多低级的情绪需要被满足，而同事间一个简单的眼神交流、一句语意暧昧的抱怨，一个行业八卦的分享，一个合作伙伴的吐槽，就能构建一个简单的情绪出口，阶段性地满足一种感同身受的情感需求。

所以说，上班是绝大部分现代人最简单的生存手段。

而你为什么不想上班？

是因为铁血领导的高要求？是因为钩心斗角的复杂人际关系？或

人生没有弯路一说，你行至的每一处风景，
见识过的一花一草、一砖一瓦，
都是你之所以为你，而不是别人的因果。

者是重复性劳作带来的厌烦？还是你真的拥有一颗脱缰的野心，想去闯一闯看一看？

关于人生选择这件事，没有所谓的绝对真理。无论是那些离职创业，打开事业新局面，迅速积累财富的人；还是那些拥抱诗和远方，最终获得 Inner Peace（内在和谐）的人；抑或是那些创业失败，在人际荒原里抑郁度日的人，不过都是个人体验和经历的分享而已。个案的成功具有偶然性，而失败也未必具有必然性。

困扰我们的不是不知如何选择，而是不敢选择。因为经验的缺乏，让你误以为每一个决定都会对你今后的命运产生深远的影响。事实上，人生就是一次次不断抉择的旅程，有遗憾也依然会有转机。

那颗不安躁动的心想要尝试更多的可能，那就勇敢去尝试好了，即便最后撞了南墙，不过转身而已。人生没有弯路一说，你行至的每一处风景，见识过的一花一草、一砖一瓦，都是你之所以为你，而不是别人的因果。不必急于追赶世俗意义上的人生进度，我们终将去往同一个归宿，不同的不过是得到和失去的先后次序而已。

上班也好，不上班也罢，不过都是旅途中交叉往复的小径而已。轻松一点，怎么选都有错，怎么选也都对。

你怕老吗？

我有一个高中同学，曾经说出这样的豪言壮语：人不要活过四十岁，因为此后的人生乏善可陈。那个时候的我们对中年生活没有任何想象力，觉得四十岁大概就是趣味人生的终点了，被世俗沾染，被琐碎消磨，生活只剩下一地鸡毛，退无可退。我们对保持少年心志也毫无信心，至少我们肉眼所见的中年人们，并没有给我们做出更好的示范。

2017年底，社交网络上突然兴起了一股缅怀十八岁的热潮，大家纷纷晒出十八岁的照片。当年走在时尚前沿的人，留下了娱人的非主流造型，胶原蛋白满得快要溢出脸盘来，把五官挤得小小的，却并不影响明朗无邪的表达。那定格在照片上的十八岁，生动地诠释了"少年不知愁滋味"。那一身现在看起来土得掉渣的潮流服饰，那一头莫名其妙的"时尚发型"，甚至连点缀在额间的青春痘，都是美好的印记。朋友说现在看十八岁，怎么都是美的，年轻总归是无敌的。

可是仔细回忆起来，那些定格的片段，真的能代表一段无忧无虑的青春期吗？

至少我的十八岁并不算美好。

青春期的激素分泌，加上天生敏感的个性，让我被诊断为得了一种名为"青春期抑郁症"的病，脑子里始终有一个小人在蹦跶，用最刁钻的问题质疑我的所思所为。比如，朋友说了一个什么笑话，虽然并不觉得好笑，我还是反射性地干笑了两声，这个时候那个小人就会用嘲讽的语气问我："你的笑是出自真心吗？虚伪！"

又比如，面对我们班最好看的女生，当她的某些行为有失体面的时候，我的内心不允许我对她做出"恶"的评价，因为那个小人会跳出来嚷嚷："你是嫉妒她，才会觉得她不好吧？"

从高二开始，我肉眼可见地完完全全变了一个人。高一的时候，我每天都嘻嘻哈哈的，笑点极低，一个滑稽的举动就能让我笑到直不起腰，分班前的同学录上，关于我的评价大多是"乐天性格"。随后的青春抑郁期，让我变得安静，大部分时间都是在脑子里跟另外一个声音辩论，我需要捂着耳朵，把辩论的逻辑在日记本里写下来。现在想来，那大概是一个自我的觉醒期，感受先于思维，凭我所掌握的知识甚至无法对那些油然而生的感受命名，困惑、混乱、莫名的低落、悲伤缠绕着我的十八岁。那个时候的我，多想快点长大啊。

很多年之后，经历过一些事，多读了一些书，才明白，嫉妒是一种天然的情绪，跟开心、愤怒、悲伤一样，是自我对外界事物的一种应激反应。就像我们不能要求一个人不能悲伤、愤怒，不能狂喜和开怀一样，我们不能阻止嫉妒情绪的产生，只能阻止由嫉妒而引发的破坏性行为。

要增长一些年岁，我才能理解"人无完人"的真正含义。十八岁的纯粹是一种未经磋磨的天真，对于对错的执念是建立在流沙之上的危楼，无法理解人性的灰色地带，不愿直面自我的弱点和不足，立志要做一个顶天立地的完人。当我能坦然面对偶然的怯懦、私心、虚伪，能平心接受它们的时候，就不再用"好"和"坏"去审判一个人灵魂的片面，亦不会用"优"或"劣"去评价一个人的某一种行为。

自我和世界总是相互成全的。

这是二十多岁明白的事。

初入职场的时候，我是不大自信的，很是羡慕那些年长几岁、在工作中人情练达、处事稳健的同事。那个时候，每个月有一次选题会，需要当着二十几个人阐述选题思路。对当众讲话的恐惧，对词不达意的担忧，对听众的每个可能代表"不耐烦"的表情动作的细微洞察，都让我声调颤抖。会前的失眠和会后的懊悔沮丧形成一种恶性循环，让我越来越惧怕当众表达。我的同事却可以不疾不徐地输出观点，即便遭受挑战和质疑，也能不骄不躁地坚持自己的判断，并条理清晰地予以反击。让我多么相形见绌啊！

2017年我出版新书，接受了许多电台采访，参加了两档演讲节目，出席了十几场分享会，我惊喜地发现，即便紧张的情绪依旧，却不会导致声调突变了，我也能控制语速、清晰表达了，很多时候甚至不再依赖事前准备的稿子，面对超纲的问题也能自然应对了。这些年，我虽然有意地给自己制造挑战，去克服当众讲话的恐惧，但也并没有激进苦练,所以这种转变大概有某种自然而然、水到渠成的因由。随着经历的增加,心态更沉稳了,随着对自我认知的加深,即便表现得差强人意,我也能坦然接受了。于是,我会更专注于交流和表达本身,不再因外界的反馈而过度消耗了。

我突然意识到,人和人的天赋差距并没有那么巨大,很多能力不过是阅历带给你的。

这是我三十岁时明白的事。

正值青春,便当青春是稀松平常的事,并不觉可贵,只有当青春渐逝才喟叹追忆。我们对于无知岁月的缅怀,和对于步入中年的恐惧,是一体两面的,大概都是因为对未来缺乏想象力。迷茫焦虑的情绪迫使我们一直回头看,看那些明明白白、清清楚楚的时光给我们带来的安全感。

2008年我刚参加工作时,有次恳谈会上一个同事抱怨工资低、房价高,北京这个城市让他看不到未来。当时的领导用自己当年在天桥贩卖打口碟的经历安慰他,说人生的变化时常是以几何倍数增长的,思维不必固守于当下的得失。而那位同事则认为领导有车有房,是站着说话不腰疼。2008年北京的房价过万,以我们当时的收入是绝对不敢想象在北京安家的,好在出版行业的从业人员大多怀揣书生意气,并不执着于在北京安营扎寨,天下之大,何处不能为家。我们小心地把所有物品控制在拎包可走的状态,每次搬家都不用搬家公司,呼朋唤友一人提一个包就完成了搬家任务。

一群平均工资两三千的人,蹲在路边的烤串店,喝着三元一瓶的

我们对于无知岁月的缅怀，和对于步入中年的恐惧，是一体两面的。
大概都是因为对未来缺乏想象力。

啤酒，聊叔本华的幸福论，聊王阳明的格物致知，聊网络文学的未来……而我们对自己的未来大多是迷茫的，不可能想到这群人里有人创业身家千万，有人写小说卖掉影视版权顺利转行做了编剧，有人还在出版行业深耕，现在也是策划出诸多畅销书的主编级人物。而当时那个抱怨没有未来的同事，后来投身于知识付费行业，成为一名年入百万的知名策划人，现在又自己创业当主讲人，再不似当年说话怯懦的模样。而我们大部分人都没想到，在房价疯涨的这几年里，我们大多在北京拥有了安身之处。

三十几岁迫近四十岁的人为"中年危机"所困，发展心理学家丹尼尔·莱文森却把四十岁称为"中年转折"的拐点。在成年早期，大部分人脱离父母，组建新的家庭，独自打拼，面对真实而复杂的世界，独立地做出一个个重大的决定，但由于经验匮乏，对未来一波三折的变化缺乏想象，所以总是充满焦虑。在四十岁前后，个体将面临四个重要问题：依恋、分离、渴望亲密关系、需要时间充分认识自己。如果一个人能较好地调整自己的目标，处理好现实跟可能之间的关系，他的智慧、见识、对人情世故的洞察力、视野的开阔性便能让他顺利地进入下一个阶段。

对衰老的恐惧，源于人类生存的本能。以上种种关于年轻并不等于美好，中年也并非一无是处的唠叨，全可当作一个迫近中年的人的自我安慰。谁不怕老？蔡康永在《奇葩说》里坦言自己对衰老的恐惧，可是他认为这份恐惧不需要被消灭，它和衰老本身一样，是每个人都不得不去面对的事。

而我那个宣称"四十岁就去死"的同学，结婚、生子、创业，把当初理解片面的中年生活过得热火朝天。人生如四季，风光不同。而我说了这么多，不过是希望你能于忐忑之中夹杂着细微期待——期待下一季的五光十色。

海海人生，
一定要不虚此行

"五月天"2024 年"回到那一天"25 周年巡回演唱会从第一站开始，就好似按下了某个启动键，一代人的成长与倔强便被再次唤醒了，而我却因各种原因一再错过。好像我喜欢"五月天"这件事，变得越来越闲散轻薄，可有可无，只在某些特别的时刻以供缅怀，就像我们对待青春的态度。

2017 年，我因意外得到两张"五月天"桃园[1]站跨年演唱会的门票，满怀激动与欣喜去到九份[2]。2017 年 12 月 31 日的九份一直在下雨，接踵而来的伞尖不停地敲着前后左右高矮不一的头，我被后面的女生敲得没脾气，一回头，啧啧声带着热气，刚出口就被消融在满街

---

1 是中华人民共和国台湾省下辖地级市，地处中国台湾岛西北部，与新北市、新竹县、宜兰县相邻。

2 位于中华人民共和国台湾省新北市瑞芳区，早期因为盛产金矿而兴盛，后因矿藏挖掘殆尽而没落。上世纪 90 年代，威尼斯电影节获奖电影《悲情城市》在九份取景，此处独特的旧式建筑风格、风土人情和坡地被人熟知，从而发展成度假圣地。

好像我喜欢"五月天"这件事，变得越来越闲散轻薄，可有可无，
只在某些特别的时刻以供缅怀，就像我们对待青春的态度。

甜腻腻的气味里。这是一个新旧交替的重要时刻，需要微笑。2005年陈绮贞被问到创作《九份的咖啡厅》的初衷，她说九份原来只有九户人家，每个人下山买东西都要顺便买九份，由此而得名。她以为九份会是一个特别原生态的地方，结果惊讶地发现，像"7-11"这种代表着现代商业文明的事物早已经遍布街头，所以她写了这首歌，来隐喻一个人因为成长、改变而带来的不复往昔的失落感。她十九岁时写下这首歌，参加比赛，被唱片公司发掘，开始走上舞台，从只在家里弹琴唱歌的女大学生，变成了好多人心目中的文艺女神。这首歌也像是她人生重要的转折点，带有一点预言的性质。

当时，朋友圈里还在继续着十八岁的照片接力，因为过了那天，"90后"的最后一拨人也要告别十八岁了。年轻不等于美好，不是

我时常觉得我们过度美化了年轻的意义，
轻易地把年轻和美好画上了等号。

每个人的十八岁都堪称为"芳华"。十八岁那年我在耳朵上打了三个耳洞，去小发廊烫了一头"大妈卷"，被劣质药水洗礼过的头发断成一截截，不经意就落满肩头。那一年体重达到三十年来的巅峰，我拍了人生中第一张身份证照，照片中的我像三十八岁。我患上一种被医生称为"青春期抑郁症"的病，一整夜睡不着觉，跟脑子里另一个声音不停争辩，莫名其妙地就流下泪来。

我在周记本里写下满页绝望，年纪轻轻的语文老师用红笔批注："可以失望，但不要轻言绝望。"大概在她的理解里，小小少年总爱强说愁，滥用词意。

我并不留恋十八岁那一年。

我时常觉得我们过度美化了年轻的意义，轻易地把年轻和美好画上了等号。年轻人时常不善良，太过意气风发，缺乏对世间苦难的理解和悲悯，不屑的口吻里充满了恶意。

年轻和自由扯不上什么关系，不能自由选择留什么样的发型，不能决定什么时候归家、睡觉，我们的时间被拆分成四十分钟一段，被大考小考、成绩排名追着跑，每次家庭聚会都要被推举出来说吉祥话，以致成年之后的聚会中一到举杯环节我就满心紧张。而这种不自由的真正来源，是还不知道这个世界上的一切都是明码标价的，无从判断犯错的代价，也无所谓勇于承担。我们的叛逆是一种孤勇，浪漫却无用。

我很喜欢一个朋友写下的豪言壮语——"去他妈的十八岁，现在的我最珍贵"，就像陈信宏曾经说过的"怎么办，好不容易才喜欢现在的自己"。那几个从行天宫二楼前座小房间走出来的大男生，都年过四十了，在台上开着带点颜色的玩笑，却一点都不油腻。阿信被玛莎夸"女粉丝对着他流口水"时还是会有点一脸腼腆的假正经。用实力证明，你看，变老变胖也不是一件很不 OK 的事。

2022 年就要过去时，想起一个老朋友曾经说过：二十五岁之后的每一年都会变得飞快。也许时间的密度原本就不是均匀分布的，每个人都有一个时间线上的转折点。

不知道正在看这篇文章的你，对新的一年有什么样的期待？有没有郑重地写下新年计划？减肥十公斤、读一百本书、戴牙套、早睡早起、谈一场平平淡淡的恋爱、来一场说走就走的旅行……前一阵的公号文章都在密集盘点过去一年的哪些计划又付诸东流，或成为空谈，可是不要紧啊，计划本来就不是用来完成的啊，就像梦想也不是用来实现的一样，它们最大的意义是成为人生的经纬，为我们指明方向，让我们相信明年会比今年好一点，好一点点。

十八岁反正跟我没什么关系了，我才不要去怀念它。毕竟"内心灵动的人，即使皮相长得着急一点也会显得年轻，内心缺乏灵动的人，再年轻也像保养得很好的阿姨而已"。

回想那时我在九份的咖啡厅里用手机敲着文字，同行的旅伴穿着鹅黄色雨衣继续在雨中穿行。说实话，九份老街让我有一点点失望，和大多数商业街并没什么两样，赶上下雨，又冷又湿，回程的计程车司机还一直跟我打趣，说不应该叫我妹妹，看样子是同龄人。

我问他："那你几岁？"

他说："我四十啦。'科科科科……'"笑得像《Keroro 军曹》

计划本来就不是用来完成的啊，就像梦想也不是用来实现的一样，它们最大的意义是成为人生的经纬，为我们指明方向，让我们相信明年会比今年好一点，好一点点。

里的 Kururu。

  也不知道那一点点失落的情绪跟即将到来的新年有没有关系，好像每年跨年这一天都格外寂寞，无论在哪里，跟谁在一起，所以我有一点点能理解在跨年夜结伴倒计时的人们，好像只有肩靠肩拥挤在一起，才有那么一点点不孤单。

  记得 2017 年的最后一天，我们放弃了去据说能拍到 101 大厦全景的适合地点，跟着人流的方向行进，不管媚俗不媚俗，在那个特别的时刻，我只想，走进人群里。

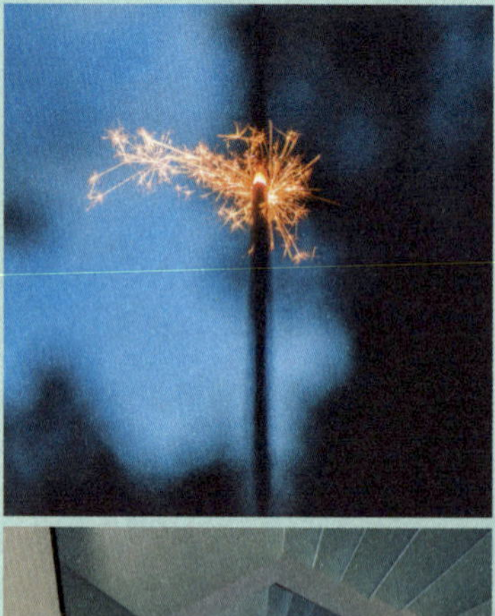
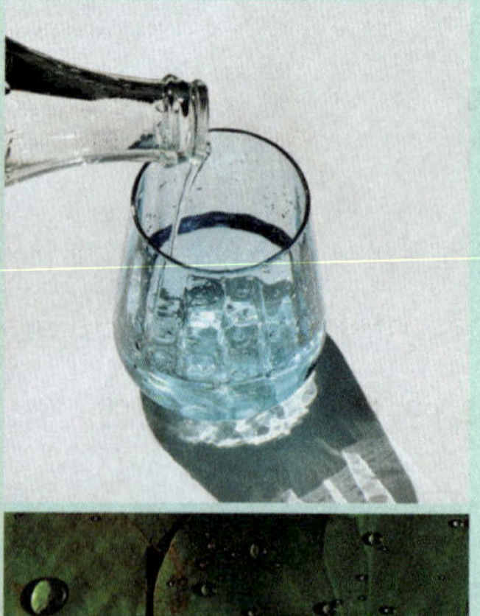
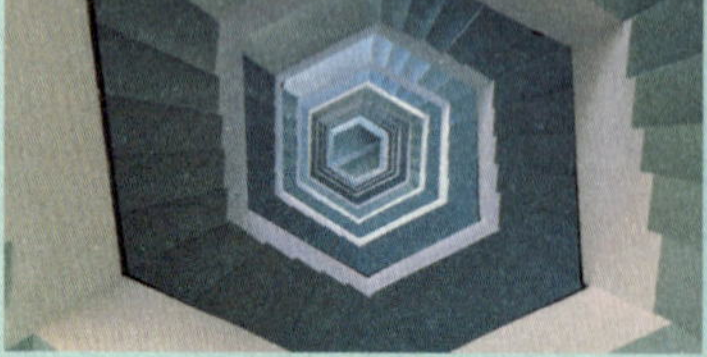
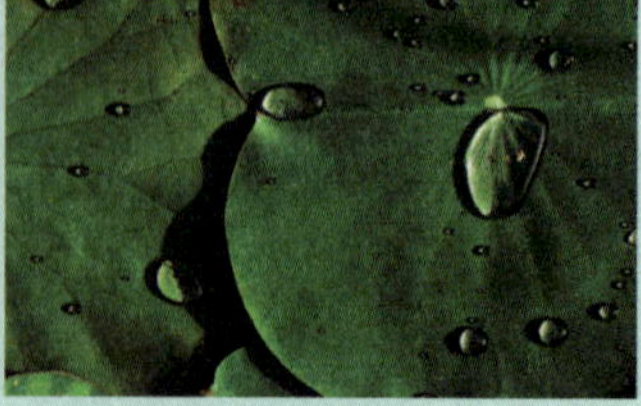

PART 2

心里四季如春，
生活自会五彩斑斓

你努力挣钱的样子真美

大饼是我第一份工作的同事。"大饼"这个别号出自她对自己的调侃:"生得好一张又白又圆的大饼脸。"其实她的脸远没有她自我调侃的那么大,天生一张圆脸,加上年轻充足的胶原蛋白和白得发光的好皮肤,往人群里一眼望去,最先看到的就是这个有着一张圆圆脸的姑娘。当时同一批进公司的人里,大饼是最为出名的,只因为工作的第一年她就花了半年的工资买了一个名牌包包。那个时候我对名牌知之甚少,曾经在服装城买了一个假名牌包而不自知,不自知的不是它是赝品,而是我根本就不认识那个牌子,只觉得那个包小巧别致而已。

大饼将新买的名牌包带到办公室,年长几岁的女同事对大饼说"你这包是新款呀",拿着包左盯右瞧,看似欣赏,实则试图一辨真伪。于是公司里开始流传大饼是个"富二代",连她进入公司的途径也变得神秘起来,新人、老兵都对她客客气气的。

午休的时候,大饼不再跟我们外出拼餐,每天中午到楼下的"7-11"买一个饭团便是一餐。大家以为她减肥呢,她倒是坦然地说,因为那包预支了半年工资，接下来她只能勒紧裤腰带度日了。

于是公司里关于她的流言又转了风向：真是一个爱慕虚荣的人。

半年后大饼从那家公司离职，一年后我也换了工作，我俩再见面已经是三年之后。我在蓝色港湾的单向街书店参加一个作家的分享会，刚出门，迎面走来一个穿着入时的女生，我没认出她来，倒是她大声叫出了我的名字。

"你可真是一点都没变啊。"大饼笑着对我说。

我觉得她似乎长高了一些，低头一看她踩着一双细跟鞋，穿了一身职业装，我虽然看不出牌子，但能看出剪裁得体，质感很好。她拎着的也不是当初那个让自己吃了半年廉价午餐的包，但依然是名牌。

"你倒是变得让我都认不出来了。"我回应道。

我们在咖啡厅挑了一个靠窗的位置坐下，聊起曾经短暂共事的经历。大饼说："你们当时都觉得我特别虚荣吧。"

我不置可否地微微笑着。她一副了然于胸却并不特别当回事地接着说："我能理解，但是我对'虚荣'的定义跟大家不太一样，对外是虚荣，对内是欲望。我买那个包不是期望别人对我另眼相看，而是我背着它会觉得生活特别有奔头。为了还信用卡，光靠节流当然是不行的，还得想办法开源，那个时候我每天晚上都苦学英文，周末去参加各种职业分享沙龙，半年后我离职就是去了一家外资企业。"

我恍然大悟，原来每天中午大饼啃着饭团在街心公园抱着的是一本单词书。

曾经跟一个朋友闲聊，她问我：如果可以选择，想不想投胎到富裕家庭？我虽然家庭条件一般，但也没吃过什么苦，当初只身来北京，也没住过地下室，所以我常说我算不上真正意义上的"京漂"。

当时年少，对于富裕的想象便是想买什么就能买什么，可是如果一样东西太容易得到，那么得到后的满足感也就大大降低了。我曾经为了买一台 SONY 的 CD 机存了整整一年的零花钱，那台 CD 机播放出来的音乐格外悦耳，让熟悉的歌曲焕发出新的生命。我十分珍惜它，生怕碰了磕了，到现在都还收藏在老家的抽屉里。我的一个初中同学，当时为了买 CLAMP 的画册，克扣了自己半个月的口粮，每次欣赏画册前他都要沐浴焚香，甚至戴上手套。

那些需要我们努力才能够得着的东西，能带给我们极大的满足感，这是因为超脱于价值本身，凝结在得到它的过程中的努力，让它变得更为珍贵。所以那个时候的我想了想回答："还是不要了，想要什么就能得到什么的生活，太无聊了。"

后来我有了很多需要铆足劲才能拥有的东西：第一台苹果电脑，第一个两万元的包包，一口经过矫正整齐而有弧度的牙齿，一处北京的小巧而安稳的居所……这些阶段性的欲望成为我努力奋斗的目标，是人生旅途中一座座旗帜鲜明的山峰，提醒我不断攀登，是对我足够努力的具象化的表彰。

许多公众号上描述的岁月静好，归园田居，引导不得志的青年人退回到一种淳朴自然的生活中去，殊不知归隐田园的生活需要极为强大的灵魂和极端丰富的内在与之匹配，不得不承认，我们大部分人都只是普通人，我们向往的归隐生活不过是对现实不满的一种逃避。

那些需要我们努力才能够得着的东西，
能带给我们极大的满足感，
这是因为超脱于价值本身，
凝结在得到它的过程中的努力，
让它变得更为珍贵。

日本青年一代"佛系文化"的盛行，让日本进入一种"低欲困境"，进一步加剧了经济萎靡、消费不足、少子老龄化、缺乏创新等社会问题。经历过20世纪80年代的经济腾飞，90年代的泡沫经济破灭，以及随后持续二十年的萧条，上一代"亚洲白人"的自信在这一代逐渐消亡。年轻人对未来不确定，对前途感到迷茫，心中充满了"即使再怎么努力，也不会获得幸福"的绝望。不努力，成了一个社会结构性问题的代名词。

与之相似的情况在我国逐渐展露端倪，"丧文化"的流行，被视作阶级流动结构性板结的产物，为年轻人的不上进提供了一种价值支撑。

这些社会性的问题存在吗？存在。高不可攀的房价，教育资源集中在富人手中，赶不上通货膨胀的涨薪……但这些整体性的困境并不能阻挡那些通过个体奋斗鱼跃龙门，实现跨阶层流动的人。

小白是一个百万级公众号的拥有者，创作了数十篇爆款文章，我们能看到的是他接广告接到手软，而看不到他为了保持高质量高频次的输出，凌晨三点从夜店出来，在附近的"7-11"赶稿的样子；看不到他一周辗转九个城市，做线下分享，出席品牌活动，平均每天睡眠不足五个小时的样子。

所以我喜欢那些为了"挣钱"努力拼搏的人，"欲望"不应该是"虚荣"的代名词，它更代表了一种鲜活的生命力。

当然欲望不仅仅局限在"致富"这一点上，还包括创作的激情、对学术成果的追求、职业理想的实现、改变世界的梦想等等。

直面人生的欲望，并为之奋斗，才是年轻人应该有的样子啊。

我喜欢那些为了"挣钱"努力拼搏的人,
"欲望"不应该是"虚荣"的代名词,
它更代表了一种鲜活的生命力。

不必迷信高情商

我们这个时代过度夸大了情商的重要性,并且狭义地把情商概括为"八面玲珑会说话",集体潜意识里把情商高视为成功的首要条件,以此消解了智商、能力和勤奋的作用。这不难理解,因为智商带有某种先天优势,带有某种特权性征,作为构成社会的大多数普通人,势必要将拥有特权的人拉下神坛,以此安慰那一点不足和匮乏。甚至把一些极端特例当作普世规律,认为高智商的人,情商就一定低,以此来贬低"聪明"这种稀缺特质。

事实上,大部分聪明人情商都很高,因为他们更能快速识别人际交往的规律,厘清事物发展背后的逻辑,并加以融会贯通。情商作为一种社会化产物,是可以通过后天习得的,聪明人显然拥有更好的学习能力。

我们这个时代不仅夸大了情商的重要性,也过分狭窄化了情商的定义。

什么是情商?一种识别、理解、控制情绪的能力。而当我们批判

真正情商高的人，对情绪的识别能力很强，
他非常明白说什么话会让你开心，而说什么话会轻松地激怒你。

一个人情商低的时候，往往是那个人的言行引起了我们的不适，"让人感到舒服愉快"被认为是情商高的表现，所以，当一个人让我们愤怒、不快，便想当然地被打上了"情商低"的标签。事实上高情商的表现不仅体现在对自己的情绪控制能力上，也体现在对别人情绪的管理能力上。比如，当一个老板对员工大发雷霆，未必是他对自己情绪管理的失败，很可能是他意识到需要通过"发火"这种手段，来达到对下属的情绪控制。

　　真正情商高的人，对情绪的识别能力很强，他非常明白说什么话会让你开心，而说什么话会轻松地激怒你。而当他让你感觉不舒服的时候，有两种情况，一种情况是他真的不在乎你，另一种情况是他需要煽动你的情绪，诱导你犯下错误。所以，那些你以为的低情商行为，很可能正是对方高情商的体现。

乔布斯的暴脾气、极端自恋、罔顾他人感受的行事风格，常被当作低情商的表现，而为人津津乐道。沃尔特·爱萨克森在《乔布斯传》里却写道：

> 乔布斯做出这些极端的行为是因为他缺乏情感上的敏感性吗？不，恰恰相反。他的情感理解能力是超强的。他有着不可思议的阅人能力，可以看出他人心理上的优势、弱点以及不安全感。他能在别人毫无防备的情况下，直击对方心灵最深处。他凭直觉就能看出一个人是在说谎还是真的知道一些事情。这让他成为哄骗、安抚、劝说、奉承、威胁他人的大师。

我们还常常把"长袖善舞"当成情商高的同义词。"人比人，也就聪明三秒钟。"有些人反应快，脑子活，自以为几句话就能颠倒乾坤，事实上，别人用不了多久就能品出其中奥秘。就像推销员舌灿莲花，短短几分钟的交谈就能让人心潮澎湃，但只要你能捂紧钱包，事后稍一细想，就能发现其中的逻辑漏洞，避免一次上当受骗。

人都不傻，一个人跟你交往是出于真心，还是另有目的，并不难分辨。尤其是那些位高权重的人，他们身边从来不缺奉承，莫以为几句"好听的话"就能让自己"加官晋爵"。这个想法太过"天真"。

时代在变，语境在变，某一种曾经行之有效的方法论能有何效果也一直在变，用一种古早的观念来评判人的情商高低，就变成了一件不合时宜的事。

父母那一代人，从参加工作到退休养老，工作关系几乎拴死在一个单位。职业流动性差，领导就拥有绝对的话语权，对一个人的升迁、收入拥有极大的干预权。这种"官本位"的思维，决定了"跟领导关系近"的人在事业上的成功概率更大，"溜须拍马"的社会陋习便被冠以"情商高"的现代概念。而得益于现代职业的分工细化，就业选择的市场化程度提高，职业流动性变强，一个人的工作选择拥有了更多可能性。2018年的一份数据调查显示，"95后"换工作的频率是七个月，而"90后"是十九个月，"80后"是三年。也就是说，在工作中领导对我们的绝对影响力在削弱。知乎上有个问题是"为什么'90后'都不愿意讨好领导了"，因为我们的升职加薪不再绝对地仰仗现在的老板，换一个老板也许更能实现。

家里有一个长辈，对我的评价是"情商不高"，只因为在一次家庭聚会的时候，旁听了我跟一个熟人的电话。那个和我八百年不联系的人，突然打电话给我，家长里短地拉扯了一番，绕了半天迟迟不进入主题，于是我告诉他有什么事不妨直说。在长辈看来，"迂回"的中庸之道才是情商高的表现，相反"性子直"则是情商低的佐证。现代人的工作讲求效率，我们每天在社交网络上的工作沟通数以百计，

一味地压抑自己的负面情绪，
除了会损害自己的心理健康，
并不会被他人视作是高情商的表现。

需要我们在最短的时间内摸清需求，快速反馈。一个长久不联系你的人，突然跟你联系，事出反常必有妖，闲话家常作为开端不过是试图弥补长久不维系的人情，为接下来的"求人办事"留出余地而已。不如开门见山，如果这个忙我能帮，我会直接给你反馈，而如果不能，也不会因为你跟我说了十分钟的家常而增加人情的筹码。

情商是一门综合学问，它既包含如何对待别人，也包含如何对待自己。所以，能准确地识别自己的情绪，并通过合理的方式加以疏导，也是情商高的表现，而一味地压抑自己的负面情绪，除了会损害自己的心理健康，并不会被他人视作是高情商的表现。情商高同时意味着能敏锐地捕捉到别人的情绪变化，采取恰当的方式，让对方感受到被真诚舒适地对待。究其根本，情商高是一个人感受到幸福的重要因素，但不是绝对因素，一个人的成功是其智力、能力、勤奋、情商和运气等诸多因素结合的结果，夸大任何一方面都是以偏概全的狭隘之见。

过度夸大情商的作用，片面地理解情商的表现，增加了那些内向驱动型、不擅长人际交往的人身上的社交压力，让"不合群""不善表达"成为社交失和的原罪，让那些兢兢业业、埋头苦干的人误以为成功只有"玲珑善道"这一种路径。

说到底，高情商不过是能力的一个方面而已，并不值得过分追寻。

寸许微光，
也可照亮一方世界

　　家属院的孩子群，小学、初中、高中的每一个班级常常会有一个被集体排挤的特别人物，他们或者矮小，或者过度发育，或者某一方面的智识表达迟缓，或者个性懦弱。他们存在于人群里，是一眼便能识别的特殊存在，他们让群体里的其他人达成一种共识，一种属于大多数人的安全感和集体认同感。电影《少年的你》用一种残暴的方式把"校园霸凌"再度推入公众视野，让这种广泛存在于青少年群体，却长期缺乏足够重视的伤害行为，引发社会热议。关于"恶从何处来"，影片最后并没有给出一个明确的答案，但它让人们产生一种认知：伤害不单单从作恶的少数人中来，也从那些默许暴行发生而沉默的大多数中来。

　　这些思绪让我想起一个初中同学——丹。

　　她性格内向不善言辞，属于很难正常融入同龄人的类型，大概是社交敏感性低，对于玩笑她接不住梗，时常处于紧张慌乱不知道如何应对的状态，再加上成绩差，久而久之她就成为班级里的边缘人物。

她在课堂上回答不出问题时,便会有人不断发出阴阳怪气的笑声。一开始还只是言语上的贬损,反正说什么她也不反击,而且大家都这么说,好像嘲笑丹,就能获得共同的社交话题一样。大概因为觉得没什么风险和代价,随后大家的举动升级为对她实质性的身体伤害,比如"掐手捏脸"之类难以界定为伤害行为的小动作。后来,不知道怎么就开始流传她是自带霉运的体质,大家总是迷信地绕道而行。

有阵子班里频繁丢文具,而失窃人集中在几个小团体之间。有一天,其中一个同学上课给我传小纸条,说她发现偷笔的就是那个被霸凌的女生丹,初中生爱买的文具大多是晨光牌的,而且每家文具店的货色都差不多,所以我说"你别疑人偷斧,说不定人家只是跟你买的同款"。这个同学说她因为每天都丢笔,所以特意用指甲油在笔头上做了标记,确定就是丹上课时用的那一支。后来经举报,老师从丹的抽屉里搜出满满一袋子的文具,都是赃物。

我因为去过丹的家,知道她家庭条件不差,不至于偷均价也就两三元的笔,所以满心疑惑。而且为什么赃物她不拿回家,就那么随意地扔在课桌抽屉里?有一次在回家的路上我忍不住问了丹,丹直言不讳甚至有点恶狠狠地说:"因为我恨她们。""恨"对还在上初中的我来说,是一个有点戏剧性、文学性的词,很少出现在日常对话中,我即便没有看她说出这句话时的神情,也能想象出这张平日里鲜有表情的脸上咬牙切齿的模样。

初一的春游,大家自行分队,丹显然是落单的人。我邀请丹来我们组,好在当时的几个好朋友也是通情达理的人,没有人表示反对。

但是回程的时候，一个好朋友晕车吐到我背上，下车后她一边帮我清理衣服上的污渍，一边有点怯怯地说："我觉得丹可能真的有点霉运，你看去的时候我就没事，回来时她坐在我们旁边，我就晕车吐了。"

初一下学期，我们班来了个转学生，是因为在前一所学校打架斗殴被勒令退学的。他长得很帅，说不清哪个角度很像谢霆锋。又帅又坏的男生在情窦初开的少女时代是很吃香的，连木讷的丹也喜欢这个男生。我们是一个小组的，丹坐在第一排，这个男生坐在最后一排，他紧挨着教室后门存放清扫工具的壁柜。那周轮到我们值日，我招呼大家拿家伙去扫地，奇怪的是，丹不直接走到后排去拿工具，反而从前门出去，从教室外绕一圈，再到后门拿工具。我没多想，大声招呼她："你干吗跑到前门去，直接过来啊。"那男生听到我的话，大叫一声从后门跑了出去。哦，原来丹直接从前排走到后排，会经过那个男生的座位。

这是我记得的她被霸凌的细节，我没看见的、忘记的还有更多。

初二下半学期，刚过了新年，丹明显像换了一个人。她变得不正常地开朗，上课接嘴，装疯卖傻似的制造笑料，日散斗金请同学们吃零食。一到课间，小卖部便挤满了我们班的人，大家众星捧月地把丹挤在中间，七嘴八舌地要这个要那个，简直成了校园的一道奇观。

可笑的是，这些人吃人嘴不短，拿人手不软，背地里只把她的反常当成一个惠己的笑话。

她发病是在一堂数学课上，老师被她频繁而无意义的接嘴扰乱课堂秩序的行为惹怒，勒令她到教室最后去罚站。不一会儿，后排开始传来低声吟唱，小纸条在各个座位间被疯狂传递。丹写纸条说自己

相比于肉体的伤害，心灵的伤害无法具象，难以被量化，经常被忽视，而这种伤害带来的影响可能绵延人的一生。

遗憾的是,这种集体冷暴力发生的时候,
大部分人都意识不到自己的不作为也是一种作为。

要去参加歌唱比赛，要出道，以后找谁谁谁来当她的经纪人。我回头看了一眼，她又着腿坐在垃圾桶旁边，一脸无所谓地跟后排的同学调笑，间或哼唱两句流行歌曲。

她疯了，大家交头接耳。

那堂课后她被家长接走了，后来再没来过学校。

这样的故事在世界各地默默上演着，因为没有严重的身体伤害，没有极端恶行的发生，便淹没在年少无知的诸多琐碎里，成为大部分人回忆里的一个盲点。相比于肉体的伤害，心灵的伤害无法具象，难以被量化，经常被忽视，而这种伤害带来的影响可能绵延人的一生。媛媛作为一个遭受过集体排挤的亲历者，已经为人母的她，却依然会做那个赤身裸体站在讲台上，为人审视、被人嘲笑的噩梦。那些在青少年时期经历过心理重创的人，在成年后依然会对人际关系回避，很难打开心扉去接纳并且信任他人。而遗憾的是，这种集体冷暴力发生的时候，大部分人都意识不到自己的不作为也是一种作为。

芬兰校园霸凌研究专家曾在研究中介绍道：

> 旁观者的行动，不仅影响到个体受害者，同样会影响整个班级里的霸凌气氛。研究表明，如果有旁观者支持，受害人心理上就不会那么焦虑和抑郁。而且旁观者的积极行为也会减少霸凌活动持续的时间，他们是阻止霸凌行为最有力的干预者。

那些旁观的人为什么没有站出来？因为害怕成为下一个被排挤的

对象？因为我们传统教育里根深蒂固的观念——"枪打出头鸟"？因为价值观体系发育尚不完备，从众是最简单最安全的做法？还是因为意识不到沉默也是伤害的一种形式？

新西兰教育部推行的一套预防和减少霸凌行为的指导方案，就明确地设计了针对"旁观者"这一角色的实操课程。这套方案默认大多数旁观者都是向善的，他们没有参与实施暴行的本身便说明了问题，他们没有站出来，很大程度上是因为他们不知道应该怎样做，会胆怯、害怕被报复，这都是再正常不过的心理。这套方案主要有三个角度：首先，我们需要知道，在霸凌发生的时候，自己的不作为也是一种伤害。其次，即便我们没有能力去干预霸凌行为，但也可以向成年人求助，让他们知道霸凌行为正在发生。再次，对受害者来说，一个关切的眼神、一次友善的微笑都能让他们知道他们并不是孤立无援的。

初三的时候，我在学校门口见过丹，她跨在自行车上像是在等人，见到以前的同学也照常寒暄，像不曾有过嫌隙一般。我并不认为她是特意来看我的，但她的确送给我一份小礼物，依旧是不善言辞的样子，故作不经意地表达了感谢。说实话，我并不认为曾经的善意有多么深刻，或许夹带一些少年心气的正义感，或者更多的是因为生性敏感让我对别人的苦痛能够感同身受。不知道为什么，我们心照不宣地假装那是放学路上的偶然相遇，好让这一场名为感谢的交接仪式显得更稀松平常一些，毕竟那背后的沉重是我们都不愿也无力去提及的。

想来庆幸，当时我选择了做那一缕微光，而不是融入更深的寂静的黑暗之中。

想来庆幸,当时我选择了做那一缕微光,
而不是融入更深的寂静的黑暗之中。

书写的意义

2019年尾声，我度过了一段几乎达到巅峰的生活状态，充实、自律、对未来充满期待、心有静气。无他，我又开始写作了。每天六点起床，煮一壶咖啡，安心坐在办公桌前写作三个小时，之后才是吃早饭、洗漱、关闭手机飞行模式，进入日常的工作状态。因为早起，所以晚上不到十点我就开始犯困，上床看半个小时的学术书籍，便能很轻松地跌入睡眠。

见到我的朋友都不约而同地夸赞我的状态，怀疑我是不是悄悄做了什么美容项目或者默不作声地谈了一场恋爱。自律让人自由，这种改变不仅仅是外在的皮肤变好而已，更多的是自律带来的对生活的掌控力，消弭了潜藏在生活的暗流之下，时不时进犯的焦虑感和虚无感，下意识地让人舒展了眉目，神情变得淡定从容。自律需要强大的意志力，把我们从惯性的舒适区里拖出来，而战胜惰性之后的成就感便是自律的副产品。

有人问我写作的意义是什么。我从来不曾有写下流芳百世的经典作品的野心,凭着后青春时期蠢蠢欲动的创作欲,写下了第一部小说,随后因于"经典压力"整整七年未再动笔。学生时代偶有作品刊登在报纸杂志上,作文会被当成典范在课堂上朗诵,初时崭露头角的才华,因为年少的关系,被赋予了过多期待。在看过了更多更好的作品之后,才不得不承认自己"才华不够用"。所以我总是羞于套用作家的身份,每每提及写作一事,也只好心虚道:"写过几个字。"

所以写作是为了什么?是寻找意义感,是从不间歇产出的杂乱念头里寻找规律和逻辑;写作是跟自己的对话,是自我安慰,自我勉励,是为了抵消掉那些蠢蠢欲动、呼之欲出的负面情绪,是为了避免成为一个总是抱怨的人。写作是解放创造欲,就像电影《伯纳黛特你去了哪儿》里的那句台词:

> 人,尤其是带着天赋的人,必须要创造,如果不创造,就会变成一只害虫。

韩剧《我的大叔》里年近五十岁的大哥,总是在喝酒的时候感叹:"多么可悲的人生,除了吃喝拉撒,几乎没有亮点。"

对大多数人来说,生活不过是一段又一段地重复日常,天降横财、被暗恋多年的男神或女神告白,这样的戏剧性高光时刻从不曾到来,幸而也不常有悲惨的至暗时刻将人生打落谷底,只是如同推石头上山的西西弗斯,偶然体会到虚无、麻木、缺乏意义的绝望。而写作便是从这纷乱的线团中理出头绪,从那一瞬而过的念头里寻找生机,

并不是有价值的事才值得书写,
而是书写的过程让一件伶仃小事变得有意义。

并不是有价值的事才值得书写，而是书写的过程让一件伶仃小事变得有意义。

好像人过了三十岁，欲望便退化成对人生力不从心的焦虑感，不再有年轻时那种具体而狂热的目标。比如一个月瘦十斤，比如三个月通过司法考试，比如今年工资要比去年翻一倍，诸如此类，鲜活、热血、生机勃勃近乎天真的欲望。三十岁之后的人生，似乎变得无可无不可，不再斤斤计较腰上多长的一寸赘肉，游学的愿望可以再等等再放放，好像渐渐也没有了非去不可的迫切。工资翻番？嗨，能跟上市场行情小幅上调就不错了，跳槽换工作总是伤筋动骨。好像三十岁之后，终于不得不承认，自己也仅仅是平凡的大多数。

我们需要找到一件让生活重回意义感的事，并且自律地将其贯彻下去。

这大概是中年早期的自我救赎。

在全民写作的时代，写作已经不再属于少部分人的才艺特权，那些坚持数年如一日地用日记记录生活的人，那些哪怕只有几个粉丝，也勤勤恳恳地在公众号分享心得的人，那些用播客的形式记录日常、交流偶现的思想火花的人，都是不同形式的书写者。只是一些人运气好一些，将写作变了现，反而误导了写作对于写作者原本的价值。

我记得有一年北京书展，一个作家以自己的迟到作为开场白，说因为司机走错了路，原本就不宽裕的通行时间变得更为紧张，她大为光火，司机却对她"赶时间"的焦躁情绪不以为意，东拉西扯愣是将这一段行程变成了单口相声的演出专场。她转念一想，这一段小插曲

对惯于写作的人来说，便多了一个视角，
用第三人称的口吻，从平实的生活中抽离出来，
当"我"不再是"我"，而是芸芸众生当中的一个像素点，
生活便不再局限于琐碎的方寸之间。

说不定以后可以用于某部小说的桥段。于是她便认真观察起出租车司机侃大山的神态，分析他语态中某个声调暗含的况味。下车的时候，司机不厌其烦地把车停在离入口极近的地方，叮嘱她天冷，能少走一段是一段。她瞬间对这段路程充满了感激。

对一个作家来说，万物皆可为素材。而对惯于写作的人来说，便多了一个视角，用第三人称的口吻，从平实的生活中抽离出来，当"我"不再是"我"，而是芸芸众生当中的一个像素点，生活便不再局限于琐碎的方寸之间。

所以，去写作吧，去记录，去思考，去整理自己的人生。

从前慢

我向来喜欢夏天，喜欢游泳池里漂白水的气味，喜欢冰镇过的西瓜甜脆多汁，喜欢洗过的头发不必蓄意吹到干透，湿答答地披在肩上，趿拉着人字拖去楼下买新鲜的啤酒。每一年，灵魂都会在夏天重新鲜活一次。

刚工作那会儿的夏日傍晚，我经常跟同事们骑着路缘儿在小脏摊吃烤串、饮啤酒，那时候精酿啤酒尚未流行，一排半透明的绿酒瓶在路灯下排成一排，很好看的。一众来自天南海北的人，说不上有多少"共通性"，连聊起童年记忆都因为地缘差异而甚少雷同。虽专业各异，同为出版人，至多有几分"好读书"的交集，带点不合时宜的"理想主义"气质，对于"成功"的想象乏善可陈，每个人都有些现在看来略显质朴的傻气。那时的我们都聊什么呢？似乎每个人都好健谈，话赶话地发表自己的观点，显得那么笃定。

那阵子的夏日格外绵长，我们谁都不焦灼，仿佛时间总是挥霍不完。从北二环出发，沿着三环路漫无目的地走着，智能手机还未普及,没有那么便捷的电子导航,朝着大方向,随意漫步就是了,绕一点路也无关紧要,偶然知道原来你也接受过《新概念》的洗礼,《萌芽》也曾是他的文学启蒙,我们都籍籍无名地混过一个叫"暗地病孩子"的论坛,给青春期喜欢过的作者写过私信,并何其荣幸地得到过礼节性的回复。只因这一点点雷同,就轻易认定了对方是可以相交的朋友。后来这些人相继换了工作,换了行业,有的人为人母为人父,有的人依然茕茕独立、孑然度日。这份朋友情依旧不刻意地延续着,哪怕彼此熟知的行业秘闻早已不再相同,哪怕各自的性格悄然生变,依旧是话赶话,急于剖白的。也是后来才明白,原来与人的交往中,不必敛情拘性、无拘无束是何其珍贵。

那一点精神上的相似性,也只是当时看来寻常。

但我也曾短暂地中意过冬天。成都经年的湿气,让冬日的清晨总是下着雾,呼出的热气凝成一团白雾,让呼吸这件事变得具象而真实。学生的早起是真的早啊,唯有路灯相伴,环卫工人的扫帚发出有节律的声响,更彰显了这份清清冷冷。这是我苦涩的高三生活中恒定的小确幸,耳机里流淌着音乐,影子在眼前逐渐变矮变短,骤然又被下一盏路灯抛之身后,如此循环往复。想来,果然是少年不识愁滋味。

来北京后,冬日印象截然迥异,原来白雪皑皑不只是一句文学性的比拟,原来北方的风真的可以吹得人身形晃动,原来落雪天是不必打伞的,落在肩头的雪并不会浸湿衣衫,而是如碎屑一般,任人拂落的。

有一次，我们在鼓楼的小咖啡馆开会讨论项目的宣传，出门时，雪把街道连成一片，映得夜色不知深几许。在路边打不到车，三五个人便冒雪前行，身后一地杂乱无章的脚印，深一脚浅一脚，没人抱怨归途遥遥，只是默不作声地暗自惊喜这一场偶然。当时我想，这一幕我大概是要记很多很多年的。

我曾经的"千年老室友"马小姐，也是那时出版社的同事，同住的那些年，每到雪天，我们便一人盘踞沙发的一角，各自看各自的书，那只叫"趴崽"的猫蜷在沙发正中，懒懒无语，偶尔读到某个印象深刻的片段，我们还会彼此分享、讨论。茶几上两盏热茶，袅袅茶香，一室静谧。

我和马小姐暗地里有着某种积极的攀比，我早起的功课是雅思绿皮书，她床头就得放一本红皮书；她定一年份的《读库》，我就得追加一年份的《三联生活周刊》，那时候的我们非常单纯质朴地热衷于成为"更好的人"，与功名无关，与利禄亦无关。

每每回忆从前，无论是酷暑还是严冬，无论是友人还是自己，都是那么鲜活。现在与人聚会，虽说热闹非凡，但总是少了一种想要把自己拆解开来与人评说的冲动，遇到不同的见解，也懒于争辩，什么话题倒是都能接上一两句，却总是朦朦胧胧隔着一层什么，无法融入话题。

我在想，这便是人到中年吗？

荞麦在《郊游》一书中曾谈及"80后"一代的集体失败：

原来与人的交往中，
不必敛情拘性、无拘无束是何其珍贵。

那些炙热的对于某种深刻性的期待，
很难说是一代人的时代特征，还是少年人才葆有的气节心性。
大概一代人总有一代人流动的盛宴，
一代人总是执着于一代人的黄金年代。

我们当时被灌输的，不管是理想主义还是什么东西，现在几乎没有实现的可能了。虽然可能有传统意义上的成功，但并没有生活在年轻时的理想世界中，也没有变成年轻时理想的自己。

那些炙热的对于某种深刻性的期待，很难说是一代人的时代特征，还是少年人才葆有的气节心性。大概一代人总有一代人流动的盛宴，一代人总是执着于一代人的黄金年代。

只道是，从前慢，车马邮件都慢。

某旅行者的日记

我到达过光的源头，

用一杯咖啡的时间等待一条鱼的出现。

我听见过孩子们的笑声，

和一群兔人用沉默彼此问候，

用惊恐来回应一场浮华的噩梦。

我遇见过一个女人，

和她被风吹落的帽子，

并用一朵花的垂败来怀念。

我是一个单独旅行者，

在这场孤独的旅行中。

陪伴我的只有那只长腿的猪。

它很高，

我很矮，

但可以互相安慰。

观《某旅行者的日记》有感，写一首小诗。

你是一个什么样的人，
取决于你想成为一个什么样的人

《摩登爱情》第二季里有一个关于心理测试的小故事——Am I...? Maybe This Fun Quiz Game Will Tell Me（我是……？也许这个有趣的测验游戏会告诉我），讲的是一个青春期的少女希望通过心理测试来探索自我。她感受到自己对另一个少女强烈的好感，但是心理测试表明她是一个异性恋者。于是她一边感受着两个人互动中的吸引力，内心却又十分挣扎：这是喜欢吗？我弄错了怎么办？

我很喜欢这个故事中对青春萌动的细节捕捉，因为喜欢的人在人群中，目光短暂且热烈地为自己停留而心跳不已。因为她和你喜欢同一部漫画而笃定缘分，因为查看手机的动作过于频繁而让一分钟、一小时、一整天超出常识地漫长。可是谁能告诉我这是爱情吗？心动的定义是什么？我需要心理测试来悄悄告诉我。这个故事的编剧对于生活的洞察力很强，用一个小切口引发出关于"自我到底是什么"的讨论。热衷于心理测试的人和热衷于星座、塔罗、占卜的人一样，动机大致分为两种，一种是源于对自我的好奇，想要通过某种统计学上的"科学性"来完成对自我的探索；另一种则是希望从测试结果中攫取一些褒奖性质的词汇来完成自我价值的认同。

就像最近非常流行的 MBTI 人格特质的测试一样，从十六型人格的命名上便能看出它对于诱发测验者自主认同的倾向性：领导者、艺术家、梦想家、说服者、发明家，都是在世俗观念里占据金字塔尖的那部分职业，就算被测的人少有真的艺术家和领导者，但他们仍可以因为拥有这些优秀职业的普遍特质而感到自豪。他们更乐于跟朋友分享自己的测验结果，甚至创造了人格稀有度的排名，并随之出现了人格特质的鄙视链。

其实在心理学专业领域，性格与职业兴趣测评已经被学界抛弃，人格分类的思路已经式微，大家普遍接受的是人格特质的思路。特质的意思是一种跨时间、跨情境稳定的心理或行为模式。人格是一种"定性"思维，而人格特质是一种"定量"思维。好比，表述一个人为"内向型"的人，不如说他具有内向型的特质，喜欢独处、内心敏感，但他仍然可以在自己熟悉的领域侃侃而谈，依然可以享受和朋友的相谈甚欢。而一个拥有外向特质的人，在面对陌生且不擅长的环境时，也有可能表现出内向型的收缩特征。

我们探索自我的一个前提，是认为"自我"是一个固定的、稳定的、决定性的东西，认为我们对外界的反馈都源于自我的驱使。而今天我想跟你介绍另外一个观点：自我是一种流动性的东西，并非一成不变的，它既指引着我们如何应对这个世界，同样也让我们因这个世界的对待而实现塑造和改变。

　　发展心理学认为"自我"不是孤立的,而是存在于关系之中,随关系的变化而变化。我们会发现,在一些人面前,我们更容易紧张、谨慎、不自在,生怕自己说错话、做错事;而在另一些人面前就更轻松自然,甚至放纵、任性。要说哪一面才是真实的自我,用关系理论来看待的话,都是真实的自我,是在不同关系中展现的不同自我。

　　我的好朋友Tina在上一份工作中表现不佳,接连几个周期的考核的结果都是垫底,公司不断地削减她的资源,把一个六人小组减员到三人。领导对她的不信任,进一步加深了她达标的难度。那段时间她很纠结,考虑要不要跳槽,有人批评她的逃兵思维,有人劝慰她行业不景气,且这个工种是需要余量积累的,短时间很难达到现在的薪资水平。她举棋不定,来问我的意见,我很中肯地建议她跳出这个让她一再败北的环境,理由很简单,因为她的失败给整个环境留下了固定的负面影响,出于不信任,销售部门对于她的策划案无法提供更积极的支持,一些大胆而反常规的创意因为得不到领导支持,她只能做一些保守的设计,外界的反馈不断加深她的自我怀疑,在矛盾产生的时候,很难采取积极的沟通策略,只能一味退缩,逐渐形成了恶性循环。与其在这种职场关系中内耗,不如换一个地方重建自我。果然,她换了一份工作之后,很快策划出几个为行业津津乐道的案例。是她的能力在短时间内发生了质的变化吗?倒不如说是她在一段新的关系中,更恰当地舒展了自我。

　　一个男人在一段关系中被指责懒惰、怠怠、缺乏责任心,分手后进入另一段关系,却惊人地表现出了勇于承担、积极上进等令人信服的安全特质。是他遭遇了上一段感情的失败,改过自新了吗?不如说在后一段关系中,给了他展现"好男人"特质的空间。

正如那句我喜欢了很多年的箴言:

> 人生苦短,消极的人和事物还是要放下他们。判断的标准其实很简单,能带给你平静和力量的人,带你靠近光亮的人,跟着他。那些引发出你的嫉妒、狂乱的种种无明的人,在识别到自己的缺陷之后,离开他。

说到这里,很多人可能会误以为我想表达的是,一段错误的关系会带来消极的自我,所以应对的方法便是离开这段关系去寻找更完美的自我。职场、友情甚至爱情都是我们可以自由选择、舍弃的关系,那么亲情呢?如果原生家庭关系恶劣,难道我们要抛弃父母吗?

接着我就想谈一谈,关系中角色的转变为关系带来的生机。聊一聊我自己和我母亲的故事吧。

很多朋友很羡慕我和我妈妈的关系,我们无话不谈,小到职场八卦、恋爱细节,大到家庭决策,我们都能事无巨细地沟通。我跟她去逛街,店员经常误认为我们是两姐妹,倒不是说我妈驻颜有术,而是她的穿着打扮以及跟我的互动看起来跟传统意义上的母女不太相符。要知道我们的关系并不是向来如此,曾经两个暴脾气的人可是一见面就吵架的。

我客居北京，她在成都，我们每周保持一到两次通电话交流的频率，每次通话基本都是三十分钟到一小时。有朋友说，我也知道需要跟父母沟通，可实在不知道要聊些什么，她连我具体工作是做什么的都不清楚，也不了解大城市的生活节奏和压力，每次通话都是单方面叮嘱：三餐要按时吃，不要吃外卖，天冷记得穿秋裤（懂的都懂）。父母观念陈旧，很难接受新鲜的事物，就算我想说，他们也听不懂。

我们所处的时代日新月异，很多工种随着科技的发展而诞生，的确超出了父母一代的社会认知。可是，这并不是阻碍你们交流的原罪啊，他们不懂，你可以耐心地跟他们解释啊。比如我从事的影视行业，我妈可以说是对此一窍不通，那我就推荐她看最近的热剧，从故事到演员，再到美术风格和镜头语言，让她慢慢了解到一部电视剧是怎么生产出来的，我在这个过程中扮演的角色是什么，起到的作用是什么。再说到职场环境，从我的同事、领导的性格，到我们日常发生的摩擦，跟她一起分析局势，说说我的应对方式是什么。说得多了，我妈基本对我的同事们耳熟能详，有时候就是聊聊八卦、吐吐槽，她都完全不需要前情提要。

沟通得多了，她也会渐渐明白，女儿已经长大了，可以独当一面地去面对问题了。以前她很爱用陈旧的理念来指导我，现在她却承认了我们所处的时代不一样了，她的经验已经指导不了我了，觉得我做得比她好。在这个潜移默化的过程中，我们关系中的"权威"角色调转了，母亲开始依赖女儿，她也从固执、暴躁、严于管教的"自我"中蜕变成一个可以倾听、愿意承认错误、偶尔撒娇耍赖的"自我"；

一个人的"自我",
会随着盛放它的容器不同而展现出不同的形态,
我喜欢这种"流动性"所暗喻的无限可能,
你是一个什么样的人,取决于你真正想成为什么样的人。

而我也从一个叛逆、对抗的"自我",转变为一个善于表达、乐于交流的"自我"。

最近在看职场综艺真人秀《跃上高阶职场》,我很喜欢里面一个候选人为宜兴这座城做的宣传创意:"把人比喻成茶,一个人如果没有一个好的容器去净化你最本质的东西,你就变味儿了。"这也好比一个人的"自我",会随着盛放它的容器不同而展现出不同的形态,我喜欢这种"流动性"所暗喻的无限可能,你是一个什么样的人,取决于你真正想成为什么样的人。

MR.Chen,
我坐轮船来看你

看完你在论坛上的留言,我用三分钟做了决定,打包行李来看你。从这里出发到你的城市,坐飞机要四个小时,火车没办法过海,鉴于钱包的厚度,我决定坐轮船来看你。冰箱里还有前一天的菜汤,变黄的叶子漂在表面,因为番茄的缘故,微微发红。记得没错的话,还剩三个鱼肉丸子。吃完简单的午饭我就出门。

《人鱼公主》的故事让我对渡轮充满向往,泰坦尼克号的沉海又让我惊惊颤颤。船舱很空,我找了靠窗的位置坐下,地板上有上一班乘客留下的薯片包装袋、瓜子壳以及彩色的糖纸,它们被夹带着出门旅行,被抛弃,然后等待着被清理,被焚烧。我想说,它们是不是也在抱怨着不公平的一生,用我们看不懂的方式。我拿出用卫生纸包裹的白色小药片,据说它们有防止晕船的神奇功效。耳机里面的歌曲一直在《明白》上重复,总在"老地方相见"卡住,快速重复好几次,才能勉强进行。这是CD受伤的后遗症,让我心怀愧疚。

原来有那么多"第一次"是不能用"最初"来代替的，
它们只在我们混乱的记忆里作为一个"最初的"意象而被我们牢记。

没过多久，就有两个讲着我听不懂的方言的中年女性坐到我对面，她们用脚把地上的大块垃圾踢到过道上去，大喇喇地把行李揉到我脚边。我本能地把脚往后缩了一下，遇上对方的眼神，赶紧把眼睛转开。汽笛声响起，应该是要出发的意思。

耳机里还在不停地重复着那一句被划伤的句子，我有点头晕，"啪"地按了下一首。《恒星的恒心》是我印象中听见的你们的第一首歌曲，后来搜集你们旧时的 MV 时才发现，《相信》才是我真正意义上的第一次邂逅这个团体。用"真正意义上"和"邂逅"似乎有太过隆重的味道，而事实上，那个时候的"五月天"并没有在我的大脑皮层留下深深浅浅的痕迹。那个还分不清"组合"和"乐队"的年纪，你们对我来说也只是能用"知道名字"来阐述的团体而已。

原来有那么多"第一次"是不能用"最初"来代替的，它们只在我们混乱的记忆里作为一个"最初的"意象而被我们牢记。当真正的"第一次"在意识里找到出口时，它们就成了一个平凡的不具特殊意义的符号。当然，也不是所有的"第一次"都有机会变成一个空洞的符号。我们以为本应是起点的地方，也许只是线段中的一点而已，记忆这种东西，和未来一样神秘。

如此一来，事情仿佛变得更加有趣。

如果说《恒星的恒心》是你们具象成今天我眼中的"五月天"的起点，那么在那之前的大段时光里，我们都是作为彼此不相闻的个体而存在。

而在我们互不相识的日子里，却有一首名为《相信》的歌把你和

我们以为本应是起点的地方，
也许只是线段中的一点而已，
记忆这种东西，和未来一样神秘。

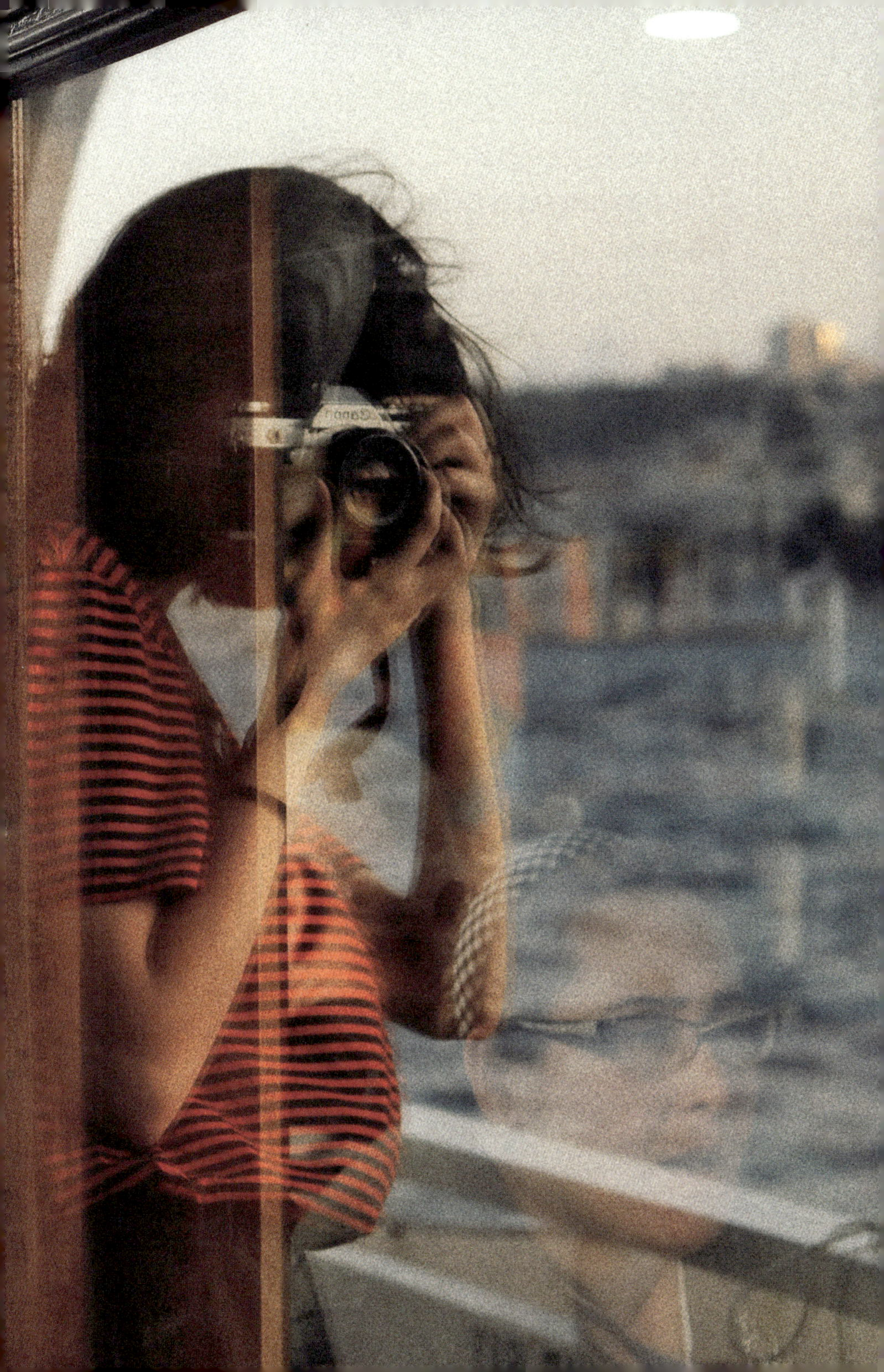

我简单地联系起来。

好像是在我们认识前我们就认识。

真是奇妙的事。

听说"大鸡腿"隐匿于松山机场和大直桥中间的某条巷子里，从外面看，没有一点点练团室（乐队排练的地方）的神秘迹象，心想你们也不可能把"大鸡腿"的名字直接挂在指示牌上。对街有一小群举着牌子的疯狂歌迷，炎炎夏日，站着一定很不容易。有人埋头发着短信，我猜内容一定是说看见了怪兽云云。背后有人小声讲着"借过"，很快从我身旁走过，转身走进一道门里。说不出借由怎样的心情，我竟然冲动地跟着走了进去。

我惊讶地看到了由来已久的挂着你亲手涂鸦的"请把门关好，不然它们会出去吃人"警示标志的录音室大门。门把手上果然贴着红色镂空的飞行标志，门露着一条缝，能清楚地听见偶尔拨动的吉他声。突然一阵动静，有一团白色绒物从开着的门缝里挤出来，是传说中的那只姓蔡的白色猫咪吗？它迈着高贵的步伐从我身边走过，用不屑的眼神来回应我大惊小怪的表情。随着一声"你要跑到哪里去"，门从里面被打开，你就这么突然地站到了我面前。

诧异的不止我一个。

"请问，你找谁？"太熟悉的声音。

"找你。"脱口而出。

你也因这样无厘头的回答吃了一惊，然后笑着问我找你何事。

我死死咬着嘴唇说不出话。

"是要合照吗?"你微笑着询问。

我摇头。

"还是……签名就好?"你抬手整了整右边的鬓角。

还是摇头。

看着你哭笑不得的表情,想说你会不会邀请我进去喝一杯咖啡。

"好吧,不过这里只有可乐。"你伸出一只手做出一个邀请的姿势,又让我小小地惊讶了一回。

房间里面光线很暗,我想是地下室的缘故,某个角落堆满了表演时可能会用到的乐器和箱子,据说这还只是一部分而已,每当举行大型演唱会的时候,整个客厅就会像个库房一样,堆满各式各样的乐器和箱子。在那面传说中的砖墙上,我找到了GLAY的签名和孙小姐的涂鸦。你拉开一罐可乐递到我手里,指了指墙角边的懒人沙发问我要不要坐一下。地上有散落开来的白色稿纸,写着奇奇怪怪的音符和还没连贯成文的句子。你解释说那是未完成的手稿。我穿过地上相互缠绕着的线,捡起随手扔掉的空可乐罐,问你要丢在哪里。你不好意思地挠挠头说"没关系,我来就好"。

面对我的突然来访,你显得有些尴尬和不知所措,视线游弋在不知名的地方,不似我这般贪婪。你捡起落在地上的白色卡车帽,抖了抖挂在门把手上。那是你平日出门时的装扮吗?或许还附带着一副墨镜,以此抵挡蓝色天空和疯狂歌迷带来的莫名恐惧?还是你已经习惯了只在夜晚出门呢?假想这些年来你的心情,试图从你的立场去理解那些稍显尖刻的说辞,时刻提醒着自己要镇定而平静。

该聊些什么呢？前几天从某人的 Blog 里看到了相似的照片，显然是从不同取景框里拍下的相同景色，一张是从梁小姐那儿掰来的，另一张是从玛同学日志里发现的。"说明了什么呢？"某人坏笑着写道。好八卦的话题。

那么聊聊你们的新专辑好了，我想那才是你津津乐道的东西。你总是用华丽的解释来修饰意义单薄的词。虽然它们的丰富释义总得不到应有的重视，相比之下，你在凌晨顶着不同马甲四处发布文章的可爱行径才是我们喜闻乐见的真实场景，它才是你那些形而上学的梦想里，尤为可贵的根基。让你在我的意识里，一点一点地饱满生动起来。

想起前天梦见你的事。

"梦见我什么了？"我诧异于你总能听见我还没讲出来的话。

"梦见和你是同桌。"

你笑出了声："然后呢？"

"没有然后了。"我假装不经意地问起你们把歌迷送的礼物都放在哪里。

你说有专门的房间来存放。

我"哦"了一声又问："你们会不会打开来看呢？"

你摆出一副认真的架势说："当然会啊。"

我还在回味你语气里的真实成分，四周就突然陷入一片黑暗。我听见你的声音在另一个地方响起，想说声音的定位系统还真不一样。你说因为地震的缘故，所以这里常常突然停电，还自言自语地说不知道蜡烛被石头放在了哪里。我在黑暗中辨认着抽屉被你打开的声音，灯却又自动亮了起来。我需要几秒钟的时间来适应，睁开眼睛的时候，你不知跑到了哪里，我四下寻找，看不出有能容一人藏身的空间。这时，敲门声响起，我去开门，门却关得死死的怎么也打不开，声音越来越急促，我一用力，整个把手被我握在了手中，门却依然纹丝不动。我越来越急，越来越急，突然有人从背后拍了拍我的肩膀。

我抬起头，站在面前的大叔正在扯着手上沾满油污的白线手套，用空余的手肘朝窗外指了指："终点站到了"。

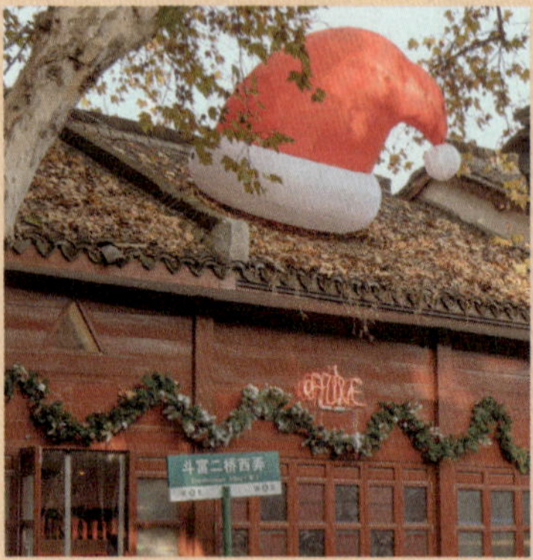

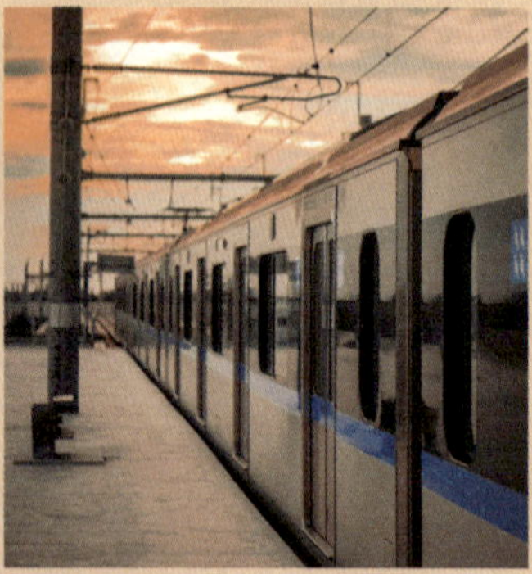

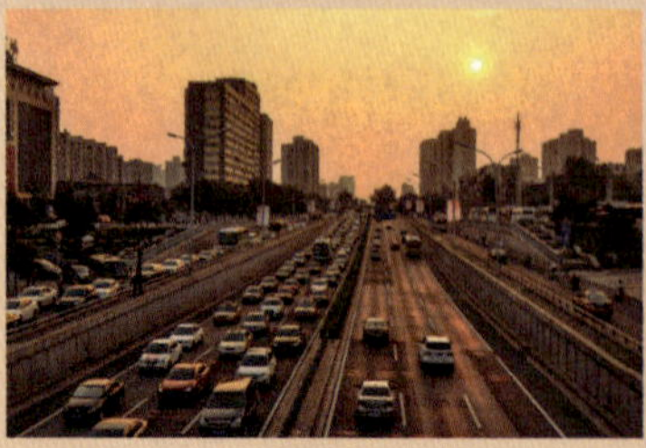

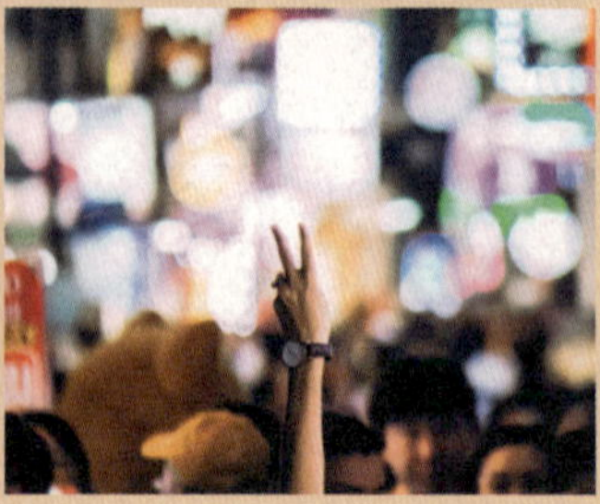

PART 3

抱怨满身泥泞,
不如即刻负重前行

不要让贫穷成为不得志的借口

星期六下午,我们几个朋友窝在东四十条胡同的一家手磨咖啡馆里,共度例行的姐妹时间。关关一进门就急匆匆地拎着保温袋跑进后厨,生怕戚风蛋糕上的鲜奶油化掉了。这几天北京高温不退,闷热得像是回到了南方,老板娘把门口的几盆香水兰往里挪了挪,以免被太阳光晒蔫儿了。胡同里蝉鸣声声,店里的冷气开得刚刚好,周六下午三点,也就只有我们一桌客人而已,真是一片桃源。

Lisa到得最晚,她鸭舌帽压得很低,帆布袋看起来软塌塌的不太有精神的样子。Lisa是我们姐妹团里年纪最小的,设计师,画儿画得很好,几年前做一本画册时认识的,她审美很好,性格也颇为天马行空,于是我们就混成了朋友。她最近不太顺心,这份工作干了三年,还算得心应手,但是不太有发展前景,部门领导是老板的亲戚,往上走一步是不太可能了,每年加的那点工资还赶不上通货膨胀。再加上她的审美时常得为客户的需求让路,所以干得越发索然无味。

"那就出来单干吧,设计师是技术工种,不太有资源依赖性。再说你还可以接画插图的活呢。"关关建议。

Lisa看了关关一眼，苦笑道："关关小姐真是站着说话不腰疼，我们平头老百姓，又没啥家底，哪里能说单干就单干。"

关关的确是常人眼里的大小姐。北京孩子，家里在三环内有好几套学区房，现在自个儿住在顺义的四层别墅里，养了一屋子的宠物，像是开了家动物园。但我知道，那套别墅是前些年她自己跑项目挣出来的。她曾经跟我说过："别看我是北京的，毕业第一份工作离家远，我也是自己租房住，通勤靠公交、地铁，没向家里要过一分钱。"

Lisa从关关碟子里挖了一勺蛋糕，含在嘴里口齿不清地说："有时候真的好羡慕你啊，没有后顾之忧，大可以放手一搏。"

关关笑笑没有接话。重度抑郁三年，靠药物维持的她，不太跟朋友抱怨生活的困苦。去年公司遇到一个官司，面临巨额赔偿，她房产的抵押手续都办好了，幸好最后出现了转机，问题顺利解决，她才漫不经心地跟我们提了一嘴。

知乎上有一个问题：身家千万的人的生活是什么样的？

有个原生家庭富裕的女孩说，生活比较闲，大部分时间宅在家，对于购物并不太有欲望，一堆名牌包包收在柜子里，出门只拎个帆布口袋。赋闲了几年，家里人在家附近给她找了个文职工作，工作轻松，竞争压力小，人际关系相对简单，她也就跟大部分工薪阶层一样，上班摸摸鱼看看小说，按时下班，偶尔跟同事一起吃个饭，AA制。这几年眼看着老公越来越优秀，心里忐忑，怕两个人离心离德。

另一个即将赴美留学的男孩说，自己在学校一周就花三百块，周五回家经常为了省五元地铁费狂飙一个小时共享单车。老妈不在家的时候，他跟老爸就靠外卖或者方便面对付。他老爸的一件鄂尔多斯羊绒衫穿了五年，他自己平时在学校穿校服，衣服鞋子的品牌一般就是 Adidas 和 Nike，唯一跟工薪阶层家庭不一样的，大概是就读于学费八万一年的国际高中，家住城市商业区里一套两三百平方米的复式楼盘。

有人说，有钱人过得朴实是选择，而穷人活得节俭是没有选择。

这句话对，也不对。

不对的是，我们往往高估了金钱和幸福之间的关系，认为一个人都那么有钱了，他还有什么可烦恼的。正因为抱持着这种观念，我们才会把生活中诸多不如意都归结于"穷"。工作不如意的时候，因为穷不得不为五斗米折腰；男孩子找不到女朋友，就怨愤世道不好，女孩子都嫌贫爱富；在社会上受人轻薄，则愤恨世人无情，欺少年穷。

当我们把所有的不如意，都归因于"不富裕没选择"的时候，往往会错过审视症结的机会。

我认识的一个所谓"富二代"女孩，在公司跟直属领导发生矛盾，遭受了职场冷暴力，在团队中明显被边缘化了，日子十分艰难。她不想办法跟领导弥合关系，却一直跟朋友同事抱怨，哭诉自己如何被职场霸凌。她为什么不辞职呢？既然家里也不缺这一份工资，干得又不开心，那就潇洒离职，大喊一声："老娘不伺候了！"

这不正是我们被工作折磨得郁闷时，最常幻想的爽剧情节？

实际上，因为她从金融行业转型到文娱产业，家里托了关系才帮

当我们把所有的不如意，
都归因于"不富裕没选择"的时候，
往往会错过审视症结的机会。

有钱与否,并不总是我们做出选择的必要条件,
个性、能力、眼界和胆量才是。

她进入那家行业里顶尖的公司，无论从资源的积累、人脉的培养，还是从履历背书来看，这都是一份不容轻易放弃的工作。再加上她入职不久就怀孕生子，实际上接触到的业务不多，更何况还跟直属领导关系恶化，如果这个时候离职，履历上不仅得不到一个对她有利的评价，在行业里也没有足够的资源积累，这次转型就算不上成功。

看到了吗？即便是有钱人，也不总是如我们想象的那么意气用事，也会有人在屋檐下不得不低头的时候。物质条件是她的退路保障，让她即便甩手不伺候了，也不至于手停口停，被生活重压。但是，如果她有职业抱负，希望更进一步，这便不是钱能够轻易解决的了。

我见过太多吃不得苦、受不得累、咽不下委屈，又意气用事、自以为洒脱的普通人，也见过许多忍辱负重、砥砺前行，为了某个清晰的目标而勤勉上进的有钱人。

有钱与否，并不总是我们做出选择的必要条件，个性、能力、眼界和胆量才是。

不抱怨真的很难吗?

有时候觉得听人抱怨是一件蛮有意思的事,只要你不急于以附和表示理解,或者急于给出客观点评以作建议,而是单纯地聚焦于他们用以表达不满的主观陈述,很快就会发现其中自相矛盾的地方。

抱怨领导好大喜功、事后诸葛,总是把"看吧,我当初怎么说的"挂在嘴边的人,往往会在另一种情境复盘里极力彰显自己的先见之明,并以"我早就知道"对别人的遭遇追加毫无用处的点评。

抱怨同事是谄媚权贵的人,只要一得到机会,便会鞍前马后、极尽曲意逢迎之能事。

那些抱怨人际环境污糟、人心不古,把"看见过大海就不会在意池塘的是非"挂在桌前的人,却背地里搬弄是非,挑拨离间,抱团以攻击异己。

抱怨的人在抱怨时总是把自己置身于道德的制高点,声色俱厉地讨伐世间的不公,但仔细想想,他们捍卫的真的是所谓的"公序良俗"吗?他们捍卫的不过是"我可以,而你不可以"的特权而已。

前阵子，几个各奔东西的前同事相约喝酒，其中一个离职后一直没有找到合适的工作，另一个创业遭遇市场寒冬，勉力维持，艰难度日。话题从喟叹生不逢时开始，继而转至攻讦从业环境风气不正；从刷爆朋友圈的某企业裁掉三十五岁以上的员工为突破口，随之展开对中年危机的哀怨；谈起从前的朋友，谁谁谁的父亲突然重病离世，谁谁谁家庭不睦，夫妻撕扯到朋友圈皆知。一群人比惨接龙似的，搜肠刮肚地把发生在自己身上、诞生于亲朋好友之中、辗转得知于熟人之间的不幸纷纷奉上，一顿火锅吃得彼此冷汗淋漓。

爱抱怨的人存在着一种关系诉求，他们期望通过抱怨以得到一种重视和理解。听着抱怨的人本能地察觉到这种诉求，会下意识地去满足对方，以达到一种关系的和谐。

当别人分享生活中的幸运和喜悦的时候，我们未必能真的感同身受；而当别人抱怨遭遇的不公、不顺、不如意时，我们却很难真的无动于衷。这就是抱怨的力量，坏情绪像传染病一样，迅速从一个人过渡到周围的人。所以"爱抱怨的人"时常被视为病原体，令人避之不及。

应对抱怨的最好方式，是停止共情。客观地倾听他们的诉说，但并不做明确的回应，当他们被理解被赞同的需求得不到回应，那么抱怨的行为自然就会停止。

抱怨的行为或许不值得提倡，但引发抱怨的情绪未必总是负面情绪，或者说即便是坏的情绪，也能成为推动人生前进的重要助力。回顾我人生中做出的几次重大改变，都是被那些不甘、不满甚至愤怒助燃的。抱怨会短暂地消弭那些激烈的情绪，让其永不沸腾，就像青蛙置于温水中，虽然会感觉到些许不适，但尚不足以刺激它逃离水盆。

一个人在职场中遭遇冷暴力，他将不停地抱怨领导的不公、不善，宁愿每天无所事事也不愿做出改变，刺激他做出决断的强烈情绪也在一次次的抱怨中，在一些些同情和安慰中被消解了。

一个人抱怨丈夫的自私自利，成家多年既不承担家务琐事，也不负担养家的经济压力，她一个人不仅要照顾小孩，还是家庭收入的主要来源。对方连情感支持也吝于付出，像一个长不大的孩子。她试图改变的勇气在一次一次的抱怨中被耗散了，抱怨吸引来的负面参考和建议，以"家家有本难念的经"为信条，放任她成为不幸的大多数。

引发抱怨的心理动机就像充盈气球的气体，当你收紧抱怨的缺口，它便一点一滴积攒，要么带你远走高飞，要么在沉默中爆发，让你从一地破碎中重获新生。

《不抱怨的世界》的作者——美国基督会联盟主任牧师威尔·鲍温曾经发起过一个"二十一天不抱怨"的活动，从2006年至今，全球已经有六百万人参与了这个活动，每位参加者都会戴上一个特制的紫色手环，只要一察觉自己开始抱怨，就将手环换到另一只手上，直到经历一个习惯的固定周期，也就是二十一天之后，便能有效地改善爱抱怨这种情绪习惯。

对于抱怨，我自己有一个三十秒辩论法：每当抱怨的情绪出现，忍不住想要抱怨时，我会给自己预留三十秒的缓冲期，把抱怨的诉求想象成一场辩论赛，在跟试图抱怨的对象针锋相对之前，先检视一遍

坏情绪像传染病一样，迅速从一个人过渡到周围的人。
所以"爱抱怨的人"时常被视为病原体，令人避之不及。

当你转换攻防立场,
从另一个角度来看待你所抱怨的事情,
无形中也收获了看待问题的另一个视角,
不仅审视了自己,也理解了对方,
这场未经张扬的抱怨,便得到了安放。

自己的论点论据是否充分,是否有漏洞存在,提前做好攻讦的准备。往往在这场假想的辩论中,我很容易发现自己"言之不凿"的地方。当你转换攻防立场,从另一个角度来看待你所抱怨的事情,无形中也收获了看待问题的另一个视角,不仅审视了自己,也理解了对方,这场未经张扬的抱怨,便得到了安放。

不抱怨真的很难吗?不抱怨是一种情绪自律,它和早起早睡、保持运动等行为自律一样难。但当早起成为一种习惯,不用闹钟催命也能自然醒来;当运动成为一种习惯,一天不挥汗如雨便如鲠在喉浑身不自在;不抱怨也一样,再难也可以养成一种习惯。从此刻开始,练习不抱怨,看看二十一天后会有什么美好的事情发生。

"SOHO"是梦想的工作方式吗？

"SOHO"这一概念最早出现在20世纪90年代，是伴随着互联网技术的发展而诞生的一种新型的工作模式，"Small Office Home Office"这一概念所隐含的灵活自由的象征意义，很快受到弄潮儿的追捧。经过了接近三十年的发展，"SOHO"一词早已不复当初的时髦意向，而成为一名自由职业者依然是大部分"社畜"的光辉理想。

2020年初，一场突发的新冠疫情，让居家办公这种新时代的交互方式成了首选，很多朝九晚六通勤上班的人，被迫体验了一把"SOHO"生活，一时间"共享文档""远程会议""线上审批"等新鲜的工作方式，在广大上班族之间迅速普及。

经历过一个半月与理想的近距离接触，反而让我思考，工作这件事，除了是大部分人的谋生手段，对于人生，它是不是还有什么隐藏意义？

不得不承认一点，职场对大部分人来说，是现代生活最主要的社交场所。对来自五湖四海、性情、爱好各异的人来说，工作便是话题的最小公约数。即便我们抱持着相反的理想主张、价值诉求，或者无法兼容的兴趣爱好，工作本身就是破冰的最佳利器，职场也是信息交换的主要场所。它可以避免以兴趣和三观为核心诉求的同质性圈层带来的视野狭窄，让我们有机会理解人的多样性、人性的复杂性，以及生活的丰富性。使个人的弹丸之地可以与广袤的社会连接起来，视野所及愈见开阔。

职场是我们最容易被看到的舞台。我的朋友名媛小姐说，如果不上班，我真不知道这些时髦的衣服要穿给谁看。这句看似戏谑的话，倒有一半诉说着真实境况。我们的自我往往需要透过一双他者的眼睛，才能现形。经由他者作为标的，"自己"这个概念才拥有外延，就像在一张白纸上，画出一个圈，圈内是自己，圈外是众生。没有这条线，"自我"就是一个混沌的概念。这或许是一种浅薄，却不容规避的真实，因为他人的存在，公序良俗才有所依托，所谓的姿态、气度、涵养是社会性的产物，往小了讲，审美来自高度发展的人类文明，是社会化的产物，古代说"女为悦己者容"，现代女性标榜"我化妆我着装只是为了取悦自己"，其实并没有本质的区别，无法被看见的孤芳自赏总归是落在虚处的，多了些落寞的姿态。

职场的规则是让生活有序的经纬度。大多数经历过"SOHO"生活的人，都会产生回归职场的想法。一个作家朋友谈及一年的自由写作期，不规律的生活导致的发胖、长痘以及情绪化，让当初离开职场时假想的"圆满自我"并没有实现，我们以为自己可以戒除掉无效社交，找回被无穷无尽的表格和PPT充斥的宝贵时间，真正用在自己感兴趣、有意义的事情上，以为自己会认真做饭，认真生活，结果这种"理想状态"也就维持了十数天。

意义感一部分来源于自我期许的满足，一部分来自社会需求的完成。一个女生通过努力运动减到自己满意的体重，会有成就感；一名社会工作者因为帮助了他人，对社会做出实实在在的贡献，会有成就感；一个农民在田地里辛苦忙碌了一天，伴着落日余晖，在自己的屋下呷一口凉茶，也会有成就感。

而我们所追求的意义感，总是一些比较大的命题，所以潜意识里会将意义划分出高下，觉得有一些人生值得过，一些人生不值得过。比如大部分人上班的日常，似乎就是一种意义缺失的生活方式。但正是这些做不完的表格、写不完的总结、打不完的卡、来自老板和同事的外部干预，成为我们生活的经纬度，支撑构建起我们生活的秩序。下班我会快乐，完成一项艰巨的任务，会有片刻闲余，这才是大部分人生活的意义感。

职场是一个办公的场域，让我们和自己的生活脱离开来。我的上一份工作，采用的或许是让很多朝九晚五的上班族羡慕的弹性办公方式，每周只需去公司开一次会，大部分工作在家里就能完成。但时间久了，你会发现在家里办公效率极低，而在家办公这件事，也使得家变成了一个无法放松的地方。

一个心理学家讲到过"场域"的概念，是指人的行为模式会受到环境的影响，直白说来就是会在特定的地方做特定的事。比如公司就是工作的地方，所以进入那片区域，潜意识就会把精力分配到工作这件事情上。但家是生活的地方,所以潜意识就会让人放松,会想追剧,想撸猫,想吃吃零食、扯扯闲篇儿。

为了改变这种工作非工作,休闲非休闲的状态,我每天会在固定时间出门,去家附近的一家咖啡厅,开始一天的工作,这种有规律的出门和归家,在意识上形成了上班和下班的概念,上班的时候会凝神静气地处理与工作相关的事,回到家就是自动切换成下班状态,我只看自己想看的书和想追的剧。

职场是一个再教育的场所。工作是一个过关斩将、打怪升级到过程,不能以个人喜好择选与你"臭味相投"的人,你不得不面对难缠的客户、心胸狭窄的同事或者脾气暴躁的老板。正所谓"那些杀不死你的,终将使你更强大",所谓的"职业素养"就是在这些痛苦的历练中锻炼出来的。

从学校进入社会,我们的大部分群体生活都是相对温和的,来自外界的反馈,多半带有某种善意,即便是师长的批评也多是为了你的发展考虑,而职场就显得相对苛刻,老板付给你工资,交换你的时间、能力。既然是一种合约买卖关系,自然会有公事公办的意味。我尤其记得初入职场的时候,遇到问题总是习惯向领导求教,毕竟问问题可是学生"好学"的珍贵品质,可是当时的领导冷漠地告诉我:职场不是学校,我请你来是解决问题的,我没有义务教育你。可想而知,这句话对于当时的我既是当头棒喝,也是醍醐灌顶。让我重新审视起自己解决问题的路径。

再比如同事关系,初入职场总是保持着与人为善的心态,希望能

正所谓"那些杀不死你的,终将使你更强大",
所谓的"职业素养"就是在这些痛苦的历练中锻炼出来的。

跟同事处成朋友，当然，我工作之后大部分的朋友关系是来自曾经的同事情谊，职场是可以交到朋友的，但我们会逐渐明白，我来职场不是以交朋友为目的的。如果以"朋友"的标准要求同事，难免会有受伤的时候。朋友或许会无条件地支持你，但身为同事，我们有各自的职场诉求、职责所在，先于情感的是事理。既对事又对人，分清轻重缓急，便是这些年职场教给我的准则。

我们的理智也跟肌肉一样，需要锻炼，于强壮之前，必先经历撕裂的痛苦。进入职场是一种入世的选择，是从世间百态中体味书本之外的道理。

用苏联文学家什克洛夫斯基的"陌生化"写作方式来说，生活是机械、呆板的，感受是奢侈的，大部分人的人生会不可避免地被卷入乏味、单调、麻木的旋涡中，造成事物就摆在我眼前，我却对它视而不见的情况。而通过"陌生化"来解构生活，换一种角度和逻辑来观察我们日常生活的世界，就可以捕捉到一些被忽略的"意义感"，让庸常的生活不那么乏味。

在特别的2020年，在家办公的这四十余天，我很想念那个一直试图逃离的职场人生。

我们的理智也跟肌肉一样，需要锻炼，于强壮之前，必先经历撕裂的痛苦。
进入职场是一种入世的选择，是从世间百态中体味书本之外的道理。

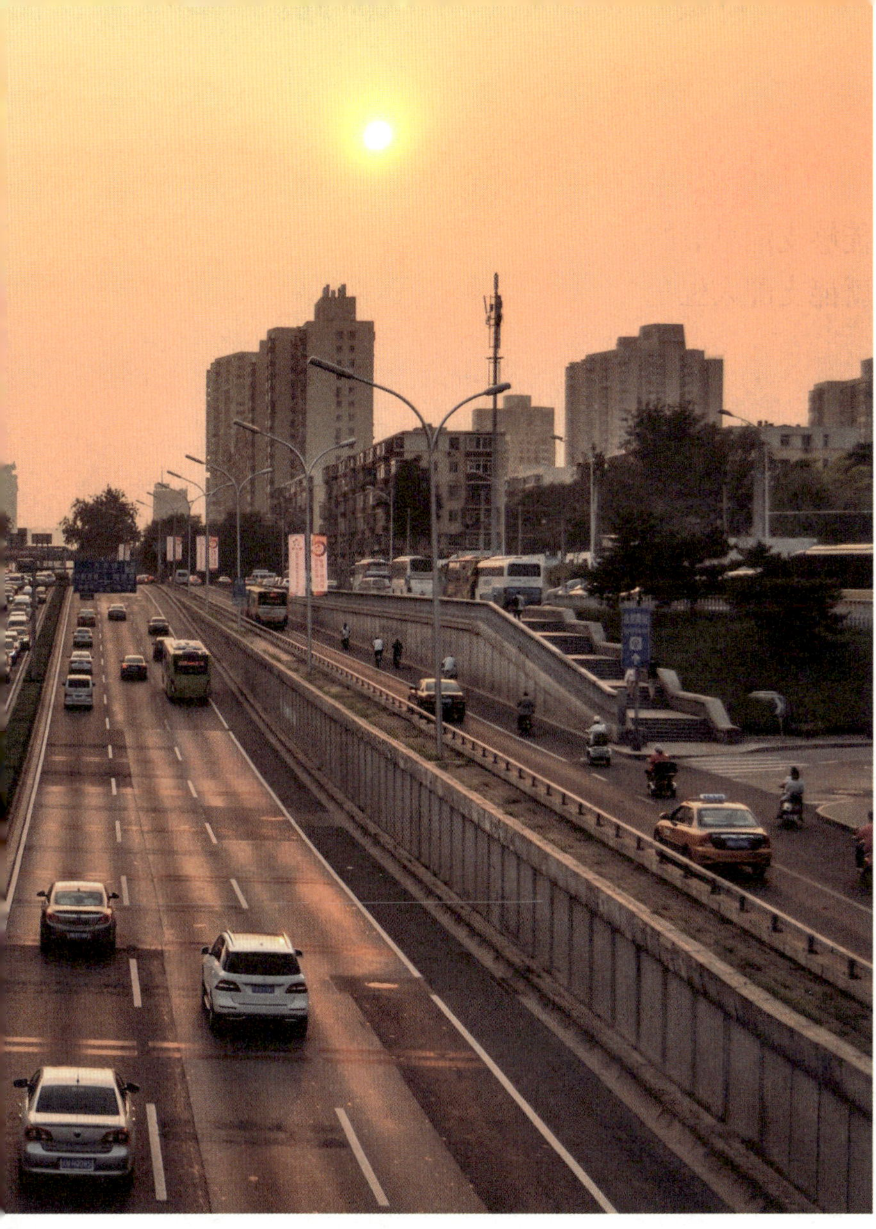

能够支配早晨的人，
就能支配人生

早在 2008 年前后，日本就出版了一系列关于早起的书，并由此延展出一个新型概念——"晨型人"，用于指代那些坚持早晨四五点钟起床的人，以及善于利用晨起时间的人。随着科比那句"你见过凌晨四点半的洛杉矶吗"，早起这件事迅速破圈，成了年轻人相继仿效的生活方式。

随后我们还知道了，在清晨四点半起床写作是村上春树坚持了三十年的习惯；王健林数十年如一日地坚持四点起床健身，风雨无阻；苹果公司 CEO 蒂姆·库克以早起闻名于业界。如此种种名人践行早起的故事不胜枚举，似乎让早起这件事成了成功人士的标配。当然，在这个黎明前最浓重的夜色中，点亮第一盏灯的人还有很多，环卫工人一年四季基本都是四点开工，日本的家庭主妇五点就要起床为一家老小准备早餐。

从逻辑上讲，"晨型人"当然不是成功的前置条件，而积极投身于早起打卡这项运动中的人，却都有颗想要变得更好的决心。真正让我们变成更好的自己的，是对于现状的不满足，并试图通过努力去改善的决心。

早起很难吗？

对一个亲身践行过早起运动的人来说，我觉得不难。难的是你需要明白自己为什么早起。相信如果第二天需要赶早班飞机，即便刚睡了不到两三个小时，大部人依然可以在四五点起床。所以，早起之后做什么是比早起更重要的事。

2013年的时候，我经历了一段职业倦怠期，重复性的生活让我感觉自己像是转轮里疯跑的小仓鼠，自以为跑得很用力，却始终看不见远方。就在这个时候我萌生了出国念书的想法，刚好身边有个大学同学已经到了申请学校的实操阶段，转送了一大堆学习资料给我，于是我就开始了一段比学生时期还热血沸腾的拼搏之路。当时我在出版社上班，打卡时间是十点。除去路上通勤的四十分钟，我早上六点起床，就能在一天的开端挤出三个小时的学习时间。

刚开始的时候，打破惯性是一件非常需要毅力的事，尤其是冬天，身体的每一个细胞都在抗拒意志将其从温暖的被窝里拖拽出来。这个时候不要留给惰性商量的余地，一个鲤鱼打挺从床上跳起来，身体很快就能接受不得不早起的现实。

五点五十分，摸黑去厨房煮咖啡，耳机里是VOA（美国之音广播电台）的慢速新闻，路边的街灯在厨房玻璃上反射着朦胧的暖意，隔壁室友的睡梦还香甜，整个城市将醒未醒，有种赢在了起跑线上的自我满足感。总之，热血的感觉很美妙。

早起的奥妙之一，便是因早起而获得的优势心理。一种暗含好胜心的心理暗示，"好胜心"如今被污名化为"急功近利"的同义词。佛系文化当道，使得"不争不抢"成为一种备受推崇的处事原则，而这一思潮源于日本青年一代的低欲现状，究其根本是成长于泡沫经济破灭之后的萧条期的"平成一代"，面临社会阶层结构性板结，上升通道狭窄的社会现状，而生出的一种"努力没有用，不努力却可以活得很轻松"的心态。

而青年一代拥有好胜心，怀有进取之心，渴望拥抱更好的未来，正是社会生态良性发展的一个侧面反映。好胜心不可耻，它是人类文明发展的动力，也是我们试图走出舒适圈的起点。但光有一颗争强好胜的心是不够的，自律不是目标，自律是手段，年轻人容易陷入的一个思维误区就是将努力当成目的，随之进入一种自我满足的麻痹状态。努力当然没有错，但是没有方向的努力很难持之以恒，这也是为什么我说早起不难，知道自己为什么早起比较困难。

很多人寻求改变的初衷是想成为更好的自己，那么，一个更好的自己的量化标准是什么？比如将"学好英语"作为目标的人，又以什么标准去评判自己的进步？所以目标很重要，而一个可量化、可执行的目标更重要。

以我自己为例，一开始早起时，我给自己制订的计划是三十天背完GRE（留学研究生入学考试）红宝书。红宝书共五十一个清单，平均每个清单有一百二十一个单词，也就意味着我每天需要记下两

努力当然没有错，但是没有方向的努力很难持之以恒，
这也是为什么我说早起不难，知道自己为什么早起比较困难。

百五十个单词。以学生时代突击英语的经验，背单词是整个英语学习中最枯燥却又最基础的部分，遗忘是肯定的，而一旦战线拉得过长，很容易陷入一种疲软状态，所以速战速决的学习方法很重要。当然红宝书不可能只背一遍，所以第一遍的目的是混一个眼熟，能记多少记多少。无论是学习、工作还是运动，所有需要对抗惰性的事情，都需要找到一套适合自己的方法，而我的锦囊妙计就是心理战术。我需要通过迅速背完一整本红宝书，为自己争取到一种阶段性的成就感，为下一个阶段的持久战打好心态基础。

我们需要知道，生物的本能是要尽可能地节约能量，所以我们的身体会厌恶那些需要消耗能量的事，而意志力便是最耗能量的事物之一。所以我们一定要在意识里明确我们所付出的努力，会为自己带来什么好处，而这种好处一定是具象的。否则，受本能驱使的我们，会像眼前没有胡萝卜的驴子一样，只想磨洋工。

早起带来的第二个心态变化，是增强我们对时间的感知力，免于陷入无序的混沌中。

小说《奇特的一生》记录了苏联昆虫学家柳比歇夫独特的时间管理法，柳比歇夫坚持记录日常生活中每一项事情所消耗的时间，并且每天都要核算自己的时间，一天一小结，每月一大结，年终一总结，直到1972年他去世的那一天，五十六年如一日，从不间断。这种时间管理方法，通过记录、分析，使人们能正确认识自己的时间利用状况，并养成管理时间的习惯。

时间是世间最公平的存在，无论富有还是贫穷，聪慧还是愚笨，我们每一个人每一天都拥有二十四个小时，不会因为身份、地位的差别多一分，也不因肤色、种族的差异少一秒。而造就不同结果的原因是我们每一个人把同样的时间花费在了不同的事物上。正如人和人的差距是通过工作八个小时之外的时间拉开的。有些人下班回家玩游戏，有些人在觥筹交错间消磨时光，而有些人回到家还能持之以恒地伏案学习，或者有规律地去健身房锻炼。我不怕那些天赋异禀的竞争者，最让我警醒的往往是那些耐力十足，能将一件小事持之以恒的人。

想要变得更好更强大的愿望总是美好的，而一步一步进步的路程总是艰苦的。早起不是目的，早起只是我们摆脱肉身贪欲的最简单的方式。在《圆桌派》里，姜文提到了他眼中的彭于晏，他说，彭于晏不是一般人，他用他的灵魂指挥他的肉体。

《皮囊》里说：

> 我们的生命本来多轻盈，都是被这肉体和各种欲望的污浊给拖住。

肉体是拿来用的，不是拿来伺候的。
或许，肉身之苦，便是通往轻盈之路的捷径。

肉体是拿来用的,不是拿来伺候的。
或许,肉身之苦,便是通往轻盈之路的捷径。

人活着总会有好事发生，
不是今天就是明天

　　因为职业的关系，我看剧的时候总忍不住归纳这是什么类型、细分什么赛道、服务于什么目标人群，一句话如何概括核心叙事。可是针对2022年JTBC（韩国有线收费电视台）放映的《我的解放日志》，我发现很难用主流的行业标准去判断它，以至于看完了黄金前三集，我依然十分困惑——它到底要讲一个什么故事？主角人设似乎毫无戏剧性，也没有传奇人物的英雄光环，从现代"社畜"的细碎日常，完全看不出任何逆袭的影子。有人评价它"致郁"，也有人夸赞它"治愈"，更有甚者戏谑"自己的灵魂瞒着身体偷偷出演了这部剧作"。可即便它难以定义、有悖商业常理，却奇迹般地吸引着人一集一集地看下去。

　　出生在京畿道某乡下的一家五口，母亲是全职主妇，父亲经营着一家作坊式的水槽定制厂，因为曾替人作保欠下巨额债务，所以厌恶风险，只接受零星的订单以维持家用，剩下的时间打理着家里的几亩

人生的痛苦、不幸总是阶段性到来的，
并不存在一劳永逸可以轻松获得幸福的公式，
这便是"懂了那么多道理，依旧过不好这一生"的源头。

农田。小日子不算富裕，倒也并不捉襟见肘。

家里的三个孩子都在首尔上班，每天公交转地铁，来往通勤三小时，二哥觉得自己如果出生在首尔就好了，不用这么疲于奔波，不用跟首尔的女友异地恋般地恋爱着；大姐认为自己生错了时代，如果出生在古代，奉媒妁之言父母之命，嫁给一个宿命般的丈夫，努力生活相夫教子，就不必因爱情而困扰。三妹是兄妹中最乖顺沉默的一个人，明明长了一张漂亮的脸蛋，却被同事评价为毫无魅力，大概是她内向压抑的个性，使她看起来少了一丝生而为人的烟火气。她从不抱怨，默默忍受着来自上司的压榨、挑剔；举债借钱给前男友，却像个傻子一样遭遇背叛。在一段关系里，她从来不是主动离开的那一个，但好事似乎总是与她无缘。她的咬牙坚持，仿佛是为了向世界证明那些人有多不堪，好像如此这般才足以消弭总是遇上烂人的自己也许真的一无是处的愧疚。

这样一个典型的"东亚家庭"，一家人齐齐整整，却也谈不上温情，哥哥和姐姐把自己的失败归结于原生家庭，父母把自己的失败归咎于孩子的不成器，妹妹讨厌哥哥和姐姐的自私，也怜悯父亲的劳苦一生。似乎他们从来没有幸福过。

一个男人的到来，隐约暗含着打破沉寂的希望。这个来路不明的男人据说是下错了车才来到村子里的，在父亲的工厂里打工，也帮忙在田间劳作。他沉默寡言，关于自己的前半生缄口不提，相处了几个月下来，这家人也只知道他的姓氏而已，他们都称他为具氏、具先生。

具先生寡言却不缺乏存在感，他好像是靠酒精驱动的，醒着的时间只要不劳作便是在喝酒，一个人自饮自酌，喝腻了就换一个杯子继续喝。他好像对于醒着这件事有一种本能的逃避。他的存在跟村子里的人格格不入，明眼人一看就知道这是一个有故事的人，可廉家五口人在这件事情上有一种格外的包容，他不说，他们便也不追问。

具氏的神秘不仅来自他与世隔绝的生活态度，更来自他简陋出租屋里的自动冲水马桶，和不该出现在镜柜里的豪车钥匙，这些仿佛暗示着他曾经的豪横生活。他逃难似的来到村子里，却没有东山再起的渴望，他说："每当我觉得活得还不错的时候就会发生不幸，所以我减少了幸福的面积以避免更大的不幸。""清醒的时候，我总是看到过去的人，一个一个朝我走来，于是我在脑海里不停地咒骂这些人，为了获得平静，让这些人消失，只能把自己灌醉。"

相比于三兄妹的不幸，具氏的不幸则更为强烈而具体。他像是一个放弃求生意志的人，在这个偏僻的乡村，平静赴死。

《我的解放日志》明显是新冠疫情之后的作品，面对这场突如其来席卷全球的新冠疫情，对于人生的无常和苦厄的不可理解，似乎成了一种社会性的共情。我们想知道这一切什么时候才是个头。在经济高速发展中成长起来的一代人，我们对"爱拼就会赢"的确定性抱持着一种惯性，相信今天会比昨天好，而明天必定会比今天好，而面对发展中的起起伏伏，有种"阶段性"的盲目乐观。可随着疫情的影响，以及不断出现的"黑天鹅事件"，这种理所当然越来越经不起推敲，明天真的会好起来吗？

我想很多观众,在共情主人公的困境之后,也急于从剧里找到一种"真谛"、一种"路径"来获得解放。而这部剧的编剧却不满足于编织一种"王子和公主从此过着幸福的生活"的童话寓言来满足观众的期待,他用一种诗性的语言、片断式的弱叙事来展现庸常生活里的真实残酷,并试图带领观众找到并不唯一的答案。

人生的痛苦、不幸总是阶段性到来的,并不存在一劳永逸可以轻松获得幸福的公式,这便是"懂了那么多道理,依旧过不好这一生"的源头。

所以,我很喜欢三妹在剧里的"五分钟理论":一天只要有五分钟的快乐就能撑下去,我会因为在便利店顺手帮学生开门,得到他们的感谢而开心七秒;早上醒来,会因为今天是星期六而开心十秒,这样每天集满五分钟,就是我撑下来的生存之道。

到底何为"解放"?对一些人来说,从一个具体的困境里解脱出来是解放;对另一些人来说,走过一段低谷时期是解放;还有人说,找到困扰自己的源头便是解放;也有人认为,和自我和解就是解放。对三妹美贞来说,放弃用悲惨的遭遇去证明另一个人的不堪,选择对具先生毫无保留地应援、支持,无条件地爱便是解放。

而对我来说,理解所谓的"意义"只是对一段生活的升华和提炼,大部分的日常原本就与意义无关。停止不间断的对于意义的追寻,不急于从迷宫般的日常中探索出口,只是活着,活在每一个具体、真实的感受里,就是一种解放。

如同悉达多对好友乔文达所言:

停止不间断的对于意义的追寻,
不急于从迷宫般的日常中探索出口,
只是活着,活在每一个具体、真实的感受里,就是一种解放。

世界并非徐缓地行进在通向圆满之路，时间的每一瞬皆为圆满。一切皆有定数，一切只需要我的赞赏、顺从和爱的默许。我不再将这个世界与我所期待的、塑造的圆满世界比照，而是接受这个世界，爱它，属于它。

要知道，世上并无涅槃，涅槃只是一种言辞。

原生家庭不是你一生的枷锁

近年来，随着大家对心理健康的关注度越来越高，"原生家庭"这个词在公众号和各种媒体文章的推动下，几乎成了被广泛认知的流行词。几乎所有成人世界的不如意、不顺遂、不自信、人格的缺失、亲密关系的不和谐都能在原生家庭的理论框架下找到对应的症结。

而那些关于原生家庭的文章不厌其烦地举例说明，童年的情感忽视、父母错误的言传身教如何在我们的人生里留下一个又一个"心理按钮"，一旦相似的情境再现，深藏在记忆里的痛苦情绪就会爆发，产生一个又一个莫可名状、难以言说的失控瞬间。

原生家庭的气氛、传统、习惯、子女在家庭角色上的学效对象、家人间互动的关系等，都会影响子女日后在自己的新家庭中的表现。这个概念，源于精神分析法，是通过一种回溯的方式，来达到疗愈的作用，而这样做的目的不是把所有的问题都推给原生家庭，而是唤醒我们改变自己的能力。

但近年来，"原生家庭"这种理论的滥用，加上各种求助者的案例分析，直观地将他们人生中的不幸和原生家庭连接在一起，常常让我们过度聚焦于问题的一个面，而忽视了其他的可能。

对"原生家庭决定论"的深信不疑和现代人对"水逆"的迷信一样，是要为我们的痛苦、不幸福的人生寻找到一个发泄的支点，一个背锅的祸首，让我们相信，这一切都不是我们的错，是宇宙里那些周期性倒转的行星的错，是这个世界的错，是在那些年月里不胜理智的年轻父母的错。好像只有这样才可以慰藉我们疲惫不堪、一团乱麻，并且不知道如何解脱的人生。

原生家庭对我们的情感模式和心理逻辑有影响吗？我相信是有的，但同时我们也需要看到，原生家庭不是一个历史遗留问题，它更像是一个渐进的历史问题，随着家庭成员的成长，不断改变、修正的一个问题。

拿我自己举例吧。我妈妈年轻的时候，是一个非常强势的人，奉行的是棍棒教育，我经常跟朋友吐槽说自己是被打大的，所以我小时候非常羡慕那种注重思想交流的家庭。高考那年填报志愿时，我想报考省外的"211大学"，但我妈认为省内的"985高校"招生名额更多，更保险。无论我怎么跟她分析当年的预估分数跟实际分数差距较大，出于同样安全心理的考生会非常多，会造成向省内大学扎堆填报的情况，我妈妈还是一意孤行。交志愿表那天是我的生日，本来跟同学约好交完表就去吃饭的，六月盛夏，我妈满脸透露着一股低气压，像是雷阵雨前的气象表，她把我已经交了的表从老师那儿要了回来，逼着我改了志愿。果不其然，那年我落榜了，高分滑档到一个二本学校。

很多年过去了，这事一直是我妈的一个心病。大学毕业后我来到北京，自己在北京找了工作，两年后出了第一本书，用稿费给我妈买了房。那是一本青春文学的奇幻小说，我妈认认真真地读了好几遍，说不敢相信这是自己的女儿写的，不知道原来自己的女儿已经有这么成熟和"深刻"的想法了。

自此之后，我发现我跟我妈的交流方式变了很多。从前她只是一味地指导我的思想，批判我的行为，遇到她争辩不过的问题，便会通过激烈的情绪表达掐断沟通的渠道。而这几年，她开始征询我的意见，家长里短也会向我倾诉寻求安慰，甚至对我的感情生活也不再一味地催婚逼生，而是可以像忘年交一样探讨彼此的感情问题，以及对婚姻的理解。

你看，我们的父母也不是固守在回忆里不知变通的父母了，他们也会成长，而我们的关系也会蜕变。

我现在三十几岁了，到了世俗观念里本该成熟稳重的年纪，可我时常能察觉到自己的局限、不成熟、偏狭和缺乏担当。我妈妈生我的时候二十四岁，在那个资讯不发达、普遍受教育程度不高的年月里，身为母亲的她，对于世界的认知、对于养育子女的观念很可能远不及现代的年轻父母。犯错在所难免，失职难以规避，而我们用现代的科学水平、先进的教育理念去指认那些历史的局限性，难道不是对历史（父母）最大的不公平吗？就像《请回答1988》里德善爸爸对德善说的那句话："爸爸也不是一生下来就是爸爸，爸爸也是头一次当爸爸。"

四岁那年，我父母离婚了，在外婆家院子里的石阶上，三姨问我："你知道什么叫离婚吗？"

小小的我用稚嫩的声音回答："就是爸爸妈妈从此不在一起生活了。"

三姨又问我："那你希望他们不离婚吗？"

我说："如果他们在一起不幸福，勉强也没用。"

前段时间看《奇葩说》，其中的一道辩题是"父母跟自己不喜欢的人再婚，该不该阻挠"，彼时，我才后知后觉，四岁的我甚至不理解幸福的定义，为什么会说出那样早熟早慧的话来？父母离婚后，我跟妈妈生活，以至于这些年来我跟爸爸共同生活的记忆屈指可数，当我接触到一些心理学的知识，察觉到童年里父亲角色的缺失对我的性格造成的影响时，也懊悔过，如果当初我能像个小孩该有的样子，哭着闹着让爸爸留下，是不是我的人生就会不一样？

我跟我爸的相处模式甚至还停留在孩童时期，他每次打电话来说得最多的就是叮嘱我要吃早饭，要喝牛奶，早睡早起，就像那些年他提醒我检查书包，别忘记带课本、铅笔一样。爸爸已经有一些大脑早衰的迹象，跟我反复念叨的也是四岁以前的往事。过年去我爸家，老远就看见他在门口晃荡，等着接我。我开门，取行李，朝他笑了半天，他竟木着一张脸还在等什么，我喊了一声"爸"，他才喜笑颜开地跑过来，说："没看见你。"

他其实看见了，只是没认出来。也许，在我爸的心里，他的女儿还是不足一米二，留着学生头，瘦瘦小小的样子。

不遗憾吗？很遗憾。

不熟悉我的人都以为我是一个特别开朗外向的人，很健谈，在人群中很活跃。可是，只有很亲近的人才知道，其实我喜欢独处多过群居，因为在人群里我总是不由自主地制造话题，活跃气氛，担心谁受了冷落，惦念谁又不开心，好像让大家开心、和谐是我的责任。

在工作上，别人也会以为我是一个很爱表现、很有野心的人。只有我自己知道，我只有不断地彰显自己的价值，表现自己的勤恳、努力，才能觉得心安。潜意识里，好像觉得只有一个优秀的、懂事的、开心的自己，才是值得被爱的。

这或许就是一个原生家庭不幸福的人的心理模式吧。

可无论是对着那个在生活的困苦里被磨掉了心高气傲的妈妈，还是丢三落四、一句话翻来覆去念叨的爸爸，我都说不出怨怼的话来。除了父母这个"全知全能"的身份，他们不过是芸芸众生中的普通人。

幸福本来就是一种侥幸，世上没有一种百分之百保证幸福的方法，就算回溯原生家庭的创伤，本意只是一种觉醒式的自我疗愈方法，也不能豁免人生道路上的苦难和磋磨。

发生的，已然发生。

结束的，已经结束。

人生苦短，消极的人和事物还是应该放下。对于那些引发你挫败、沮丧、失序、狂乱的种种无明的过去，识别自己的缺陷之后，要

幸福本来就是一种侥幸,世上没有一种百分之百保证幸福的方法,就算回溯原生家庭的创伤,本意只是一种觉醒式的自我疗愈方法,也不能豁免人生道路上的苦难和磋磨。

当你不停地回望过去,
就失去了张望未来的机会。
固守昨日,也忘了今天正是明天的过去。
不幸有可能是来自过去,
而幸福的筹码攥在今天,在今天的你手里。

离开它们。

原生家庭真的是我们不幸人生的原罪吗？如果你认可这一点，那就不可避免地一次次回到那个出发的原点。而我们每个人都长了一双眼睛，恰好两只眼睛都长在了同一面，也就是说，当你不停地回望过去，就失去了张望未来的机会。固守昨日，也忘了今天正是明天的过去。不幸有可能是来自过去，而幸福的筹码攥在今天，在今天的你手里。

历史不能改变，而历史同样有待创造。

让我们告别那个在不幸的回忆里持续呼喊爱的小孩。

成年的你，早已拥有了爱人的能力。

女性需要的是支持，而不是支配

一部聚焦女性困境、书写女性成长的电影——《我的姐姐》，无疑是一部口碑两极化的片子。故事很简单，父母双亡，刚刚毕业从事护理工作的姐姐安然，面临一个重大的人生抉择——如何安置年仅六岁的弟弟。影片中的姐姐成长在一个"重男轻女"的家庭，父母为了钻政策的空子，曾试图让她装瘸来换取一个生育二胎的资格。终于，在她上大学期间，父母成功孕育了一个宝贝儿子。她的高考志愿是学医，却被父母偷偷改成了本地一所医学院的护理专业，理由是：离家近，方便毕业后照顾家庭。大学期间，安然几乎跟家里断绝了关系，勤工俭学没要过家里一分钱，跟这个血缘上的弟弟总共也没见过几面，谈不上有多深的姐弟情。而此刻，在她准备考研，去北京继续完成她被终止的梦想的时候，弟弟变成了她最大的绊脚石。

从这个故事的选材上便能看出《我的姐姐》的勇气和野心。随着女性意识的崛起，影视剧项目越来越多地关注"女性话题"，但是大部分对于女性话题的探讨，仍然脱离不开男性视角的桎梏，而《我的姐姐》算是真正从"女性视角"去解剖女性的结构性困境。以往的影视剧关于"扶弟魔"的刻画都是"樊胜美式"的，她们一边承受来自"姐姐"这一身份的剥削，一方面又受困于传统道德观念的限制，往往呈现出来的是一个让人"哀其不幸，怒其不争"的角色。而电影《我的姐姐》中的安然坦然面对自己的欲望，她说人生太短了，弟弟的一辈子是一辈子，而自己的一辈子也是一辈子，她不想为任何人牺牲自己的人生。与她相对应的是深信"长姐如母"的姑妈，同为被剥削的女性，却反过来捍卫这种社会剥削的正义性，认为身为姐姐的安然就是天然地拥有养育弟弟的责任。

随着影片的热映，网友发现多年前网络上的一篇帖子跟电影中的设定具有高度相似性，同样是女儿成年后，父母要了二胎，导致女儿跟原生家庭关系破裂。父母意外去世之后，弟弟年仅两岁，姐姐不顾亲戚的咒骂和反对，把弟弟送养至一户农村家庭，并立下字据承诺以后不再联系。

如果这就是电影的原型，那不得不说电影的改编要温和得多。花了很多细节笔墨来展现姐姐成长的隐痛，她有梦想，且她的努力配得上自己的梦想，就因为她是女孩，父母就擅自替她拿了主意，改了她的志愿。她在医院利用一切碎片化的时间补习，只为考上医学院的研究生，弥补当年的遗憾，而弟弟就在这个节骨眼走进了她的生活，成为她与理想之间不得不做出抉择的"取"和"舍"。另一方面，电影拔高了弟弟的年纪，六岁的小孩已经是一个可以自主表达的小大人了。在弟弟去留问题尚未解决的这段时间，弟弟辗转于亲戚之间，最终只能跟姐姐住在一起。除了剪不断的血缘关系，这两个人可以说是现实意义上的陌生人。从一开始惹人厌的"小恶魔"到后期姐姐痛经时，成为贴心地给姐姐冲红糖水的小天使，亲情是在慢慢滋生的。

弟弟说："姐姐，以后我少吃一点饭，我以后不吃肉包子了，我以后听你的话，你不要卖我。"这一段极具煽情意味的情节刻画，加深了姐姐的两难困境，而又有多少女性，困在"姐职"和"母职"的天性里，放弃了自己的追求、理想和另一种人生？

《我的姐姐》挑战了中国数千年来"血浓于水"的传统道德文化，无怪乎一石激起千层浪，就像杨笠调侃了父权框架下的性别偏见，就被冠以"女拳"的标签，遭到男性的抵制和网络暴力。20世纪初"Feminism"一词被译为"女权主义"还是与时俱进的概念，却因为动摇了父权结构的根基而逐渐被污名化，被视为挑起性别对立的激进思想。随后那些为女性发声的人用较为温和的"女性主义"来弱化权利的争夺，以谋求一种性别的平等。我认为性别之争不是东风压倒西风的选择，也无意于挑起性别对立，但是破旧立新、打破传统势必是会有阵痛的。为女性发声，唤醒女性的平权意识，寻求一种社会性的共识，为千百年来受父权思想桎梏的女性争取更多的社会资源和舆论支持。当然，我们不能否认随着社会的进步，从立法和制度层面也在逐步完善对女性权益的保护，但根深蒂固的社会思潮依然困扰着大多数女性。

一份关于独立女性的问卷调查中有这样一个问题：如何兼顾家庭和事业？这是一个典型的为女性设立的问题，为什么很少有人问一位

有多少女性,困在"姐职"和"母职"的天性里,
放弃了自己的追求、理想和另一种人生?

男性要如何平衡家庭和事业？一个女人拼事业，舆论会责怪她不顾一个女人的本分，对家庭不负责任，甚至连她本人都会苛责自己没能做到更好。电影《找到你》中姚晨饰演的成功女性在孩子失而复得之后深深自责："对我的孩子，我陷入深深的自我怀疑，我觉得自己不配当一个母亲，我甚至觉得生孩子是天底下最自私的事情，用别人的生命来完整自己。"

而一个女性放弃事业回归家庭，选择做"全职主妇"的风险则更大，失去财政来源的全职妈妈，其唯一的保障，是她的另一半能深刻地意识到她对家庭的付出，并心怀感激。好在随着社会的进步，2021年1月1日开始实施的《民法典》，首次将家务劳动纳入经济补偿的范畴。《民法典》第1088条规定："夫妻一方因抚育子女、照料老年人、协助另一方工作等负担较多义务的，离婚时有权向另一方请求补偿，另一方应当给予补偿。"

但在实际的案例中，全职主妇所做的家务劳动依然面临"量化困难""补偿受限"的困境。改善女性生存环境还有一条很长的路要走。

《我的姐姐》是开放式的故事结尾，最后姐姐到底有没有在放弃与弟弟见面的承诺书上签字，成了影片中最大的一个悬念。而我想说：签，我支持她；不签，我理解她。就像导演和编剧一直试图传达的一个观念，女性需要的是支持，而不是支配。而无论对于姐姐是指责还是赞美，都无疑是加在女性身上的一种桎梏。

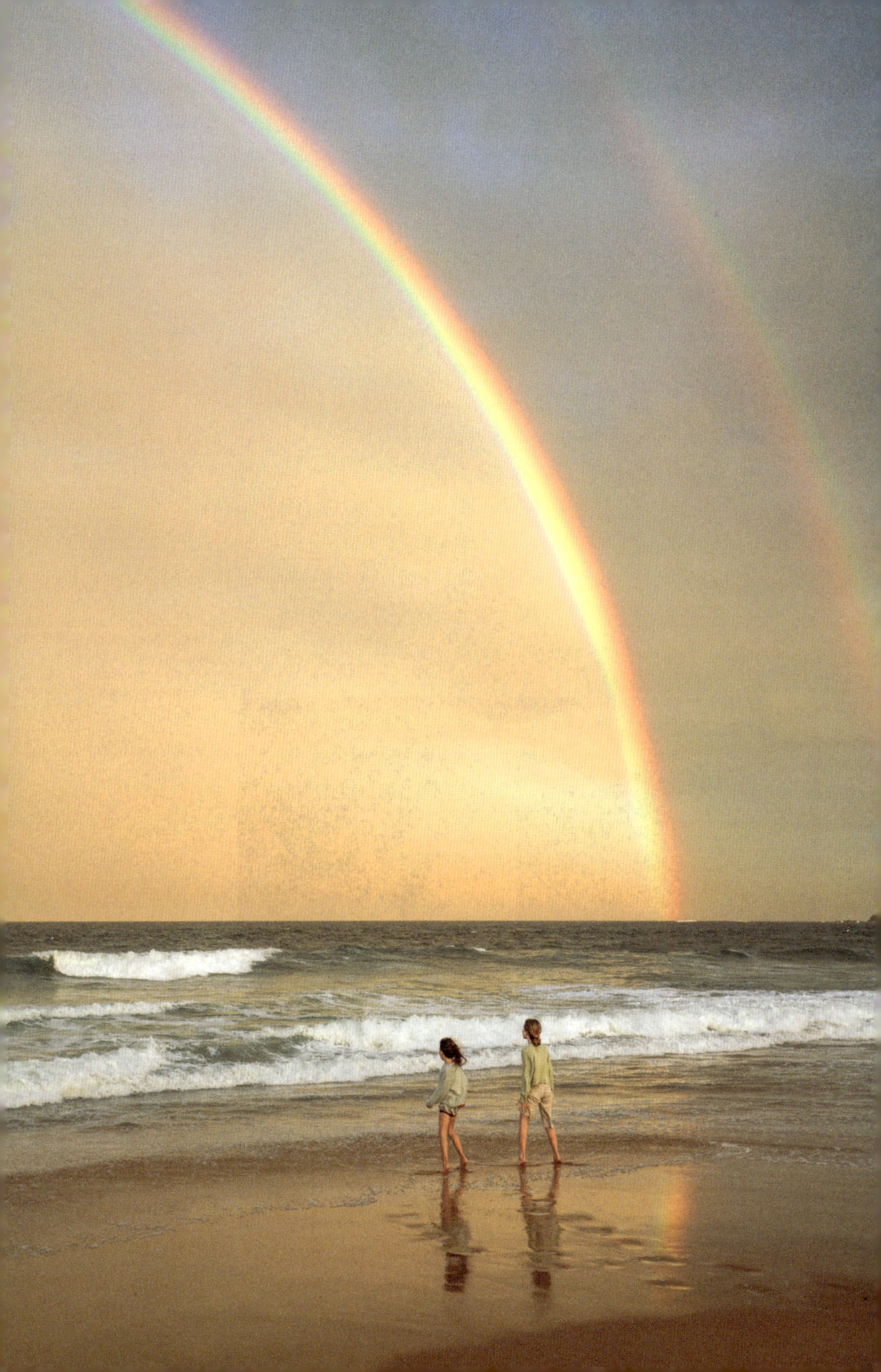

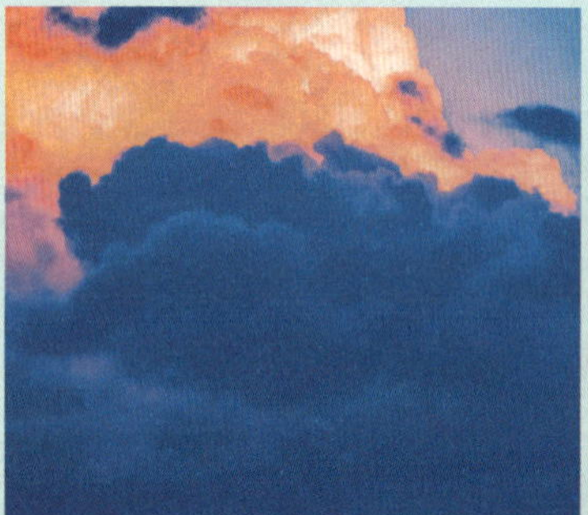
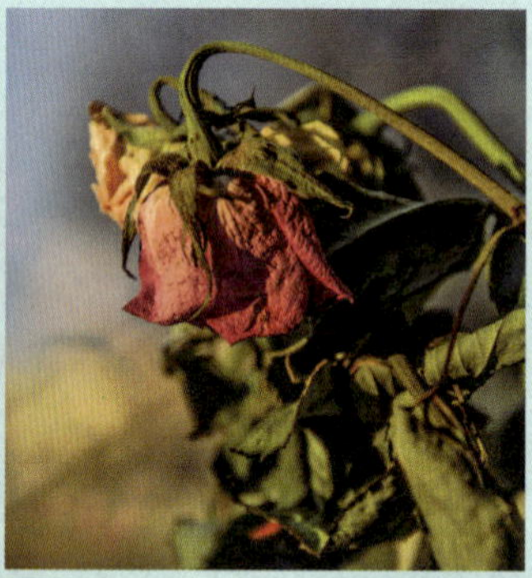
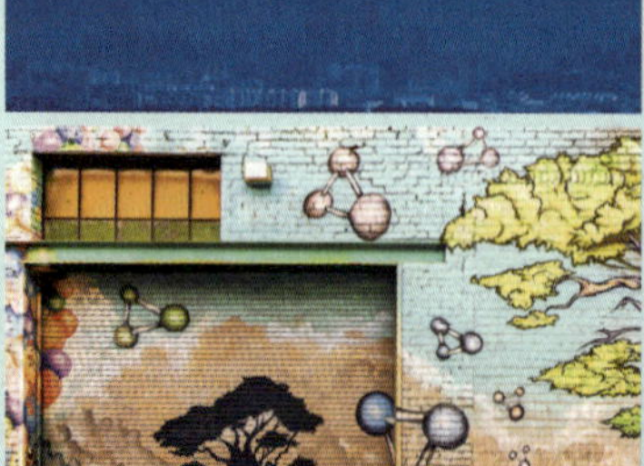
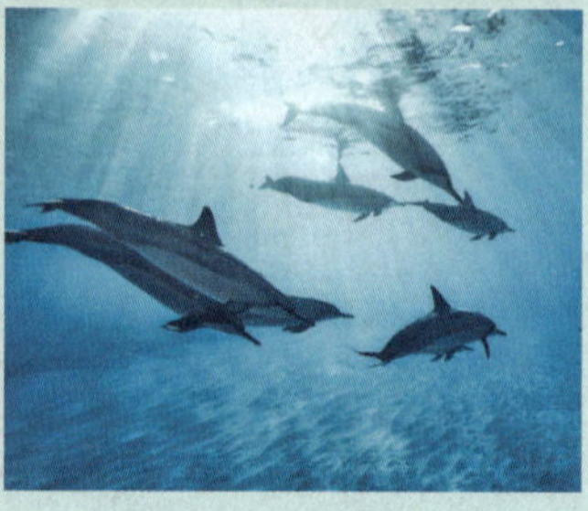

PART *4*

真爱不会透支自己，
　只会丰盈自己

女孩要经过多少跌跌撞撞，才能长大成人

2019年，一部讲述"女性困境"的电影《82年的金智英》在韩国上线，受到了极度两极化的评价。女性观众评分为9.45，男性观众评分为1.70。而在这部电影刚刚官宣男女主角的时候，两位主演就受到了疯狂的网络暴力攻击。即便是仅仅推荐过原著小说的韩国女团成员裴珠泫，也遭受到了汹涌的舆论讨伐，男粉丝在社交媒体上通过烧掉和撕毁她的照片，来表达对她所表现出来的"女权主义"的价值主张失望透顶。

而这本引发争议的小说，到底讲了一个什么样的故事呢？

"金智英，1982年出生，三十岁出头结了婚，两年后生了女儿。一家三口租住在首尔郊区八十平方米的公寓内。丈夫郑代贤任职于某个中型IT企业，金智英则在一家小型公关代理公司上班，随后因为小孩的出生而离开职场。"这似乎是一个普普通通的韩国家庭的写照，可随着金智英的神智异常，这个看似和睦的家庭被撕开了一个

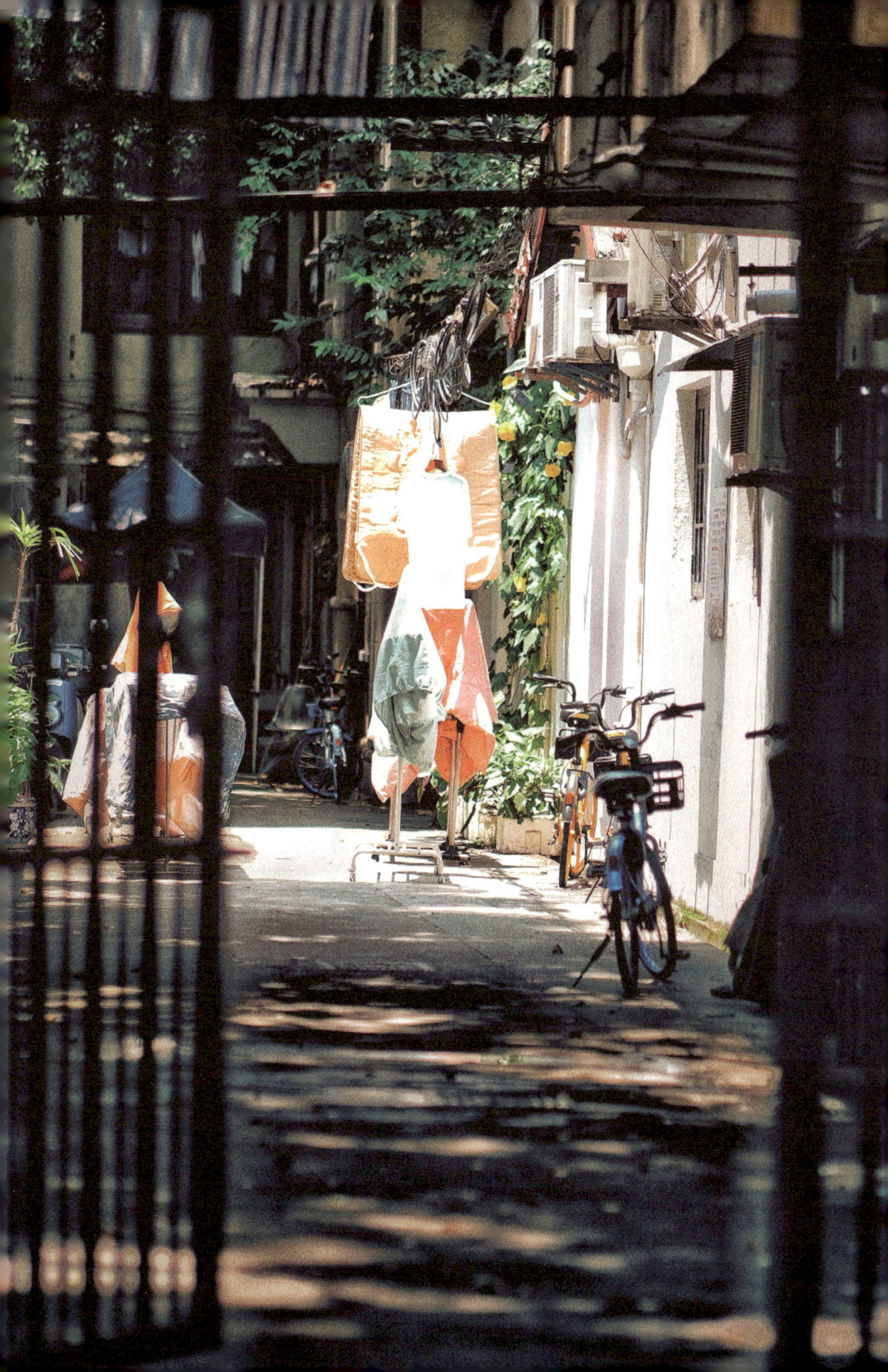

缺口。

　　某天，女儿入睡后，夫妻两人在客厅相对小酌，金智英突然拍了拍丈夫的肩膀，用一种陌生的口吻对他说："代贤啊，最近智英可能会有些心力交瘁，因为她正处在身体渐渐恢复，心里却很焦虑的阶段。记得要经常对她说'你很棒''辛苦了''谢谢你'这些话。"

　　起初，丈夫郑代贤并没有将这次对话视作一个异常的举动，以为那是妻子对于操劳家务太过辛苦的抱怨，反而因为妻子模仿别人的口吻和神态惟妙惟肖，而生出几分怜爱的感觉。

　　随后不久，在中秋节的家庭聚会上，金智英再度以自己妈妈的口吻对自己的公公抱怨："亲家公，恕我冒昧，有句话我还是不吐不快：只有你们家人团聚很重要吗？我们也是除了过节以外，没有别的机会可以聚在一起好好看看三个孩子。既然你们的女儿可以回娘家，那也应该让我们的女儿回来才对吧！"

　　从此之后，金智英如同被鬼魂附身一样，时常会以另外一个人的身份来行事，最终这些怪异的行为被精神科的医生鉴定为产后抑郁症。

　　整本书以金智英的精神崩溃为噱头，用倒叙的方式记录了一个女孩长大成人、跌跌撞撞的一生，并试图找到那个引发她精神失常的导火索。而看完整本书，让人意外的是，并没有想象中骇人听闻的惨痛经历，也没有不忍卒闻的性暴力，如同"金智英"这个在韩国"80后"女性中十分常见的姓名一样，本书记录的只是大部分韩国女性成长过程中，所经历的被默认为"正常"的性别歧视。

在韩国的学校里,男同学总是一号,凡事也都是从男同学开始,好像男孩优先于女孩是理所应当的事,"就好比大家从不曾质疑过身份证上为什么男生是以阿拉伯数字'1'开头,女生则是以'2'开头一样,所有人都理所当然地接受了这样的安排"。

家里有三个孩子,弟弟最小,一应吃喝用度都以弟弟最为尊贵。奶奶毫不掩饰"重男轻女"的想法,总是对金智英的妈妈念叨"幸好我生了四个儿子,所以才能像现在这样吃儿子煮的饭,睡儿子烧的炕,所以一定要生儿子"。虽然真正在煮饭、烧炕、铺棉被的人,都不是她的宝贝儿子,而是她的儿媳妇。

在学校里被男孩子欺负,老师会心一笑地安慰金智英,将这些"欺负人的举动"当作是这个阶段男孩对女孩的一种爱慕方式。

深夜从补习班回家的路上金智英被男同学尾随,惊险之余,父亲不是安慰女儿,不是想着教训那个行为失格的男同学,而是指责女儿为什么要去那么远的补习班,为什么要和陌生人说话,为什么要穿那么短的裙子。在他的观念中,问题出现在不懂得避开的弱者身上。

自由恋爱继而分手的女生会被男生形容为"被嚼过的口香糖"。推着婴儿车在公园的长椅上好不容易享受片刻闲暇的妈妈,会被路过的年轻男性形容为"妈虫[1]"。在职场上明明能力出色,却不能进入核心岗位,因为拥有话语权的阶层默认女性应该承担更多的家庭劳动,难以全身心地投入工作。

---

[1] 韩文新造单字,用于贬低无法管教在公共场合大声喧闹的幼童的年轻妈妈;也用来贬低没有收入,专靠老公养活,在家里带孩子的全职妈妈。

这就是大部分韩国女性正在经历的"正常"生活。

电影《82年的金智英》豆瓣页面下的一条高赞评论说:

> 金智英已经算是在韩国这个男权社会拿到上上签的女性了吧!原生家庭就很好了,父亲只是轻微地重男轻女,并不是刻意地对女儿不好。有个能干的妈妈,有个支持女权的姐姐,弟弟也不错。所以她遇到了郑代贤这样的好丈夫就结婚生子了。金智英也没有遇到婆家逼迫赶紧要生个男孩儿,不生出男孩儿就不领证的情况,也没有跟婆婆住在一起。更没有遭遇丈夫孕期出轨、家暴的糟糕情况。丈夫更是愿意自己休假,以便让妻子去上班,这在中韩现实环境中都是低概率事件。没有直接的压迫,除了喝咖啡的时候被骂"妈虫",她已经是处境不错的妈妈了。但即便是这样,她依然像是被抽取了生气,颓废地活着。

这就是为什么说,从一开始,这本书带给我的震撼远不及《房思琪的初恋乐园》,它着笔的细处不是那些极端悲惨的个体性事件,而是从一个群体习以为常的生活中分离出那些未经推敲的、隐性的不合理之处。这本书言辞温和,并没有试图用耸人听闻的观点制造"性别对立",或许正是因为这本书中没有一个鲜明的"受害者"和一个罪不可赦的"施害者",而是一个群体对另一个群体长期的压迫和漠视,使得享受特权的群体不愿意因为另一个群体的觉醒而做出改变。

2001年，韩国宪法撤销了自1961年起实行了近四十年的退役男性在公务员考试、企业面试等多种重要考试中的加分制度，此后还相继出台了废除户籍制度、家庭暴力特别法、生理期休假等一系列保障女性权益的政策。当时韩国正处在经济危机之后的转型阵痛期，失业率陡增、就业困难等社会问题加深了男性"特权"的被剥夺感。有学者指出，在韩国这样一个尤为强调"男子气概"的文化环境中，身处霸权地位的男性角色一旦在竞争中落败，往往会转而对比自己更为弱势的群体生出歧视与愤怒。这大概就是韩国男性厌女症的由来。

《阴道独白》的作者伊芙·恩斯勒在名为《拥抱你内心的少女》的演讲中提到：

> 整个世界都是在一种"你不应当成为女孩"的教条下成长起来的，我们是怎么把男孩抚养成人的？身为男孩意味着什么？它意味着"不要成为一名女孩"。恩斯勒把存在于每一个人身上的敏感、激情、同情心、直觉性和脆弱性等具有典型女性特征的特质命名为"少女细胞"。父权社会的价值观试图消灭这些"少女细胞"，他们说成为男人意味着不应当像一个女孩。成为女人也意味着不能再像一个女孩，成为领袖同样意味着不可成为女孩，女孩成了"坚强"的反义词。而我们如今所处的世界，让我们见证了极端形式的暴力、史上最严重的贫穷、种族屠杀、大规模的强奸，而这恰恰是因为我们压制了社会中的"女孩细胞"。

"女权主义"不是一半人口对另一半人口的斗争，也不仅仅关乎改善一半人口的处境，它改善的是所有人的命运。

在推崇"男子气概"的文化里,男性是不配拥有流泪的权利的,当一个小男孩跌倒之后,家长会告诉他"男子汉大丈夫要坚强";男人也不被允许拥有脆弱的权利,男人挣得不如女人多,就会被嗤之以"吃软饭"的称谓;男人抱怨便被当作懦弱、娘们儿唧唧。所以日本的丈夫不能理解为什么妻子不用赚钱养家,只是做做家务、带带孩子却抱怨这抱怨那的。所以韩国的男性会用"妈虫"去诋毁那些没有收入、在家里带孩子的全职妈妈。究其根本,无论男女都是父权思想的受害者。

所以"女权主义"不是一半人口对另一半人口的斗争,也不仅仅关乎改善一半人口的处境,它改善的是所有人的命运。

爱不是一蔬一饭，
亦不是英雄梦想

　　爱情似乎是一个永远不会过时的话题，无论什么年代、什么身份、什么地位、什么阶层，甚至是什么性别，都会产生关于爱的谈资，或者关于爱的困惑。爱情是一个既熟悉又陌生，可以很浅薄也可以很艰深的概念。年轻的时候如果有人问我"什么是爱"，我会觉得这是一个不证自明的问题，我中意你，你倾慕我，就是爱情。但活到现在，我却觉得很难用三言两语说清楚什么是爱，或者说什么是爱情。比如爱情是一种本能，还是一种社会需求？谈恋爱到底谈的是什么？

　　爱之于我，不是肌肤之亲，不是一蔬一饭，它是一种不死的欲望，是疲惫生活中的英雄梦想。

　　这一句被误读了很久的名言，一直被归于杜拉斯的名下，其实这是陈丹燕1992年出版的小说《绯闻》中的名句，原句是：

> 也许，爱情对于我，不是爱一个具体的男人，与他朝夕相处，肌肤相亲，而是那种爱情产生的奇妙的对世界雾里看花的感觉，那种飞翔于平凡生活之上的奇妙的感觉和不死的愿望。爱情对于我，实在是生活中的白日梦想。

该书于2002年修订再版，更名为《鱼和它的自行车》，删掉了那段话，也为理解这本书中关于爱情的探讨增加了一些门槛。我第一次读这本书是在高考结束后的暑假，被这本书关于青春期女孩爱之初体验的情感描摹所打动，像是被人点破了内心关于爱情隐隐约约的、无法宣诸于众的自我体验，那份爱的悸动是炙热的、浪漫的，却也是残忍的、易碎的。以至于很长一段时间，这本书的主人公依然无法融入主流价值观对于爱的审美评判。

小说主人公王朵莱的第一次爱情体验发生在十七岁，那时她是护士学校的一年级学生，爱上了她的英文老师。一个郁郁不得志、被平庸生活消磨掉锐气的中年男子。王朵莱对他的爱是自我献祭式的，试图用鲜活的生命为这具倦怠的皮囊注入生气，她幻想自己是居高临下的女神，要将英文老师从干涸的生命中打捞出来。她的爱情是一场惊心动魄的革命，是要宣告自己跟平凡女孩不同，别的女孩爱的都是高大帅气的体育老师，她偏偏要爱一个被生活征服的失意人。

她勇敢地、近乎挑衅地表达自己的爱，毁灭性地征服了这个男人久闭的心扉,她知道在这场征服与被征服的战役中,她是立于不败之地的。没有人能拒绝鲜活的生命和少女纯洁的爱情,虽然这种纯洁本身并不等同于美好和善良。

很快朵莱的爱情幻想便破碎了,破碎在这个中年男子头发上隔宿的枕巾气味,破碎在他身上夹杂着药水肥皂的中年男人的味道,破碎在他穿着黑色的塑料拖鞋从澡堂出来的邋遢身影。她轰轰烈烈的爱情幻想略带讽刺地止步于这个难堪的现实:"我竟然找到了一个用药水肥皂洗澡,穿黑色塑料拖鞋的白马王子。"

王朵莱的第二段爱情发生在她实习的医院里,身为护士的她,爱上了身患白血病的军官刘岛。这段感情甫一萌芽便遭到了世俗的扼杀,或许连朵莱自己都不清楚,她的爱情是向世俗开战的武器,是对抗精神沙漠的倚仗,他们不许她爱他,而她偏要爱他。她要用她纯洁的爱跟死神搏上一搏,将他从生命的绝境里拉扯回来。他们在墓园里接吻拥抱,她对死亡没有敬畏,有的只是带有胶片质感的对凄美绝恋的残酷模仿。

她并不爱他,她爱上的是她舍身去爱一个绝症患者的意象——伟大的意象。

所以这场爱情很快便终结在那股似烂苹果味道的腐朽气味里,终结在被病魔侵蚀的身体的血腥画面里,终结在世俗舆论对她的恶意和讨伐里。他们什么都不必说,眼睛里写满了鄙夷。

刘岛死后,王朵莱臭名远扬,那种不顾一切的疯狂感情,在二十岁的时候差点毁了她。她终于学会了克制,学会了保护她的梦想,小心地不去弄坏它,她嫁给了一个能带给她平凡生活的男人,生了一个女儿,过着她年轻时最鄙夷的中年妇女的凡俗生活。可是那份刻进基因的不安分折磨着她,撩动着她,后来她在新疆的赤焰山终于遇见了她少女时期憧憬的爱情,美好得不真实。但是她已经没有飞蛾扑火般奋不顾身坠入爱情的勇气了。她以为这辈子只能在这份无波无澜的稳定中度过,然而命运却跟她开了一个玩笑,她发现丈夫出轨了。而时至今日,她才明白丈夫当初爱上她的理由,恰恰是因为她有一颗不甘于平淡的心。"他爱上的,是我自己又爱又怕的自己。而我爱上他,却是为了要过和别的女人一样平静的生活,不要再理会自己那颗不甘心平淡的心。"

在20世纪70年代柏林女权运动的高潮中,女权主义者提出过一个著名的口号:一个女人不需要男人,就像一条鱼不需要自行车一样。自行车之于鱼不是刚需,却胜过刚需。它是困于庸俗生活的人们,对于不平凡生活的激情和理想。

心理学家斯腾伯格将爱情这一复合概念解构为三个元素,分别是激情、亲密和承诺。

而承诺是三个要素当中常常被忽视甚至误解最多的概念。承诺毫无疑问是双向的施予,而我们在探讨什么是好的爱情的时候,惯常的叙述重点往往投射在恋爱对象具有的特质上,比如能包容我、能理解我、能及时回应我的需求,以及满足主体的自我价值感等。但是我们很少从"我"这个恋爱的主体去研究去谈论,在感情里应该付出的承诺是什么。小王子说:"一旦你驯服了什么,就要对她负责,永远地

行车之于鱼不是刚需,却胜过刚需。
它是困于庸俗生活的人们,对于不平凡生活的激情和理想。

负责。"这句话所投射出来的价值观是"世界上本没有独一无二的爱情,是我们投注其间的关注和时间,使得它之于我是独一无二不可替代的",这便是承诺的力量。

王朵莱的爱情是带她逃离平凡生活的抓手,它状似爱情,却不是爱情,每每让她心碎。她对爱的体验和渴求是真实的,也是不成熟的,在爱情里她的索求大于承诺,或许是导致她的爱情总是以失败告终的原罪。

作家淡豹在《杀死浪漫爱的美梦》中提道:"如果要真正获得幸福,很悖谬的,或许第一项要做的工作,便是不再浪漫。不再受浪漫话语的困扰,从梦幻之中醒来,去创造属于自己的爱的形式。"

也许,终究没有一种普适性的关于爱的解答,否则这便不会是困扰一代又一代人的难题。爱是一种能力,而爱的能力是可以在爱的体验中不断学习、不断成长的。在亲密关系中,我们不但认识了对方,认知了爱,也更懂得了自己。也许,能意识到"爱不是平凡生活中的英雄梦想",也是一种成长。

也许，能意识到"爱不是平凡生活中的英雄梦想"，也是一种成长。

她们的二三事

她在烤箱和燃气灶前辗转腾挪，用纸巾擦掉掐丝珐琅盘子上溅出来的一点汤汁，调整摆盘后才"允许"我携盘而出。餐桌上捶纹杯里一朵粉白的芍药，点缀着这一桌色彩斑斓的年夜饭，精致，却是异国情调的。好在我们这几个留守的异乡人，都不太拘泥于"传统"。

也不知道话题是怎么转到她那一段"出轨"的经历上的，或许是我们夸她生活有情调，她说这正是她先生缺乏的；或许是谁问起决定结婚的契机，她说不过是单位分房，已婚能比单身多分一些面积；或许是香槟里的气泡让人勇于打开自己；或许是这偶然没跟家人聚在一起的年夜饭，难得让人想诉一诉衷肠。

她很健谈，表达精准，即便是闲话家常也能免于祥林嫂式的琐碎和拖沓，高度凝练、条分缕析，像是汇报工作。她说话的时候手势丰富，如同那些常年在国外生活的人，算不上精致的漂亮，却有一种让人无法忽视的魅力，源于自信，这种自信像是什么都可以拿到桌面上来摆一摆，研究探寻一番。

能想象到学生时代的她大概是那种成绩好、心气高的女生，虽不至于捧花者无数，倒也不缺真心欣赏、倾慕的人。他便是其中的一个。两人红颜知己似的相伴到了大学，一南一北相隔千里。每周打两个电话，从宿舍琐事到家国大事，他们似乎是无话不谈的。他跟她约定，要是到了大四，两人都还没有交往的对象，就索性在一起。对于这项提议她大概不如他上心，既不真的认为自己会单身一整个大学时期，也不真心相信会和他走到一起。

大三那年她恋爱了，跟那个高中时期暗恋过的男孩。他得知后便断了每周两次的电话，毕业一年后就早早地结了婚，跟亲戚介绍的女孩。

再相见是在十几年后的同学聚会上。有时候不得不感慨，男人真是一种神奇的生物，在年岁里泡一泡，那些平庸的特质就变得迷人心窍。二十几岁时戴眼镜显得呆板愚钝，三十几岁戴眼镜却尽显儒雅风流；二十几岁时迟缓的语速总是让人在交谈的时候不耐烦，三十几岁时却有深沉的意味。二十几岁时在喜欢的女孩面前的退缩自卑，变成三十几岁时的自嘲，却别有风趣。

"一开始，我很自信自己不会失控，更不会失态，我并不想破坏他的家庭，也不为了得到什么，非要为这段关系下一个注解，那只能是我被他吸引，而我对这种吸引做出了回应。"她说这话的时候，微有醉意，脸颊上的红晕很迷人。

然而，剧情很快跌入俗套。短暂的激情过后，他似乎弥补了青春期的遗憾，突然意识到自己为人父为人夫的责任，便逐渐疏于联系。

于是她便开始失控,有一次她甚至拨通了他妻子的电话,接通的瞬间,她大脑一片空白,她不知道自己要说什么,应该说什么,突然灵光乍现谎称自己是卖保险的。说到这一段,我们都笑出声来,她的傻气显得如此可爱。

然而就是这一通电话,让他预感到了事态的发展有不受控制的风险,主动向妻子坦白了一切,当然是从他个人的角度。接着便出现了《三十而已》里顾佳携许幻山大战林有有的一幕。当然,现实不如电视剧里那般跌宕起伏、金句频出,三个成年人的交谈和交涉,也可以是很平静、很温和的。

最终他选择回归家庭,过平淡而免于受良心谴责的普通日子。而当初自信不受困于情的她,却破罐破摔,跟丈夫坦白了这一段"心猿意马"的经历,要求离婚。小他三岁的丈夫,这个她口中书卷气重,惫懒于生活、毫无风情可言的男人,在这一刻却无比成熟理智而有担当。他心平气和地跟她分析了两个人感情的优势和不足,对她这段"迷途"的经历"心疼"多于"责备",心疼她单衣薄衫,在别人以"夫妻"之名的战场上,溃不成军。

"我提出离婚,想来还是有点负罪感吧,这对他不公平,所以我得坦白不堪,让他来做决定。"她赧然一笑道。

"然而,他超脱了男人的面子问题,客观冷静地跟你一起处理这段婚姻的里子问题。"我这么总结。

"是啊,那时候突然想起,当初在异国他乡被这个小自己三岁,还在学府里研究哲学问题的男生吸引,不就是为着那份于具体事物中

在爱情里常有一种误区，
认为错误的爱情源于没有遇到"对的人"，
没有遇到那个能将我们从不完美的生活中彻底解救出来的救世主。

见抽象意义的理智跟客观吗?"

话音刚落,她先生便从老家打来视频电话,一家老小年味十足地跟她问好。她也拿着手机绕了一圈,跟先生分享我们这群朋友"叛逆"十足的年夜饭。她先生看起来是普通人的模样,只言片语间也难显哲学专业的精深和睿智,隔着手机屏幕跟我们问好的周到,倒有几分憨厚忠朴的味道。

《我的大叔》里至安问大叔的妻子,有大叔这么好的一个人,为什么还要出轨。妻子说:"我可以说出一千个出轨的理由,但到底哪一个才是真正的理由,或者有没有真正的理由,我也说不清。"这是一种非常自持的认知,没有把"不幸福"的原因推诿到另外一个人身上。在爱情里常有一种误区,认为错误的爱情源于没有遇到"对的人",没有遇到那个能将我们从不完美的生活中彻底解救出来的救世主。所谓"对的人"是一个非常狡猾的概念,它常常使得我们放弃了对于亲密关系的探索,豁免了我们在关系中自省的义务,给自我的贪念披上一层似是而非的浪漫外衣,好以此来免除自责和愧疚对灵魂的审判。

我们总是期待一个能与自己完美契合的另一半,是因为我们过于僵化地理解了所谓的"自我"这件事,我们认为自我是固定的,有形有状的,独立于他人的,像是拿着一把钥匙,终其一生等待那扇能被打开的门。事实上,自我是一种流动的、在关系中才能成立的概念。所谓"对的人",是在一段关系中彼此磨合、淬炼、适应,从而能和你达成一种水乳交融般默契的人。就像小王子的那朵玫瑰,不是因为特别它才获得了爱,而是小王子的爱让它成了独一无二的美好。这也

所谓"对的人",是在一段关系中彼此磨合、淬炼、适应,
从而能和你达成一种水乳交融般默契的人。
就像小王子的那朵玫瑰,不是因为特别它才获得了爱,
而是小王子的爱让它成了独一无二的美好。

只有放弃了对完美关系的幻想,
我们才能埋下头来认真检视爱情这件事。

是弗洛姆《爱的艺术》中所谓的"不是我需要你,所以我爱你;而是我爱你,所以需要你"。

只有放弃了对完美关系的幻想,我们才能埋下头来认真检视爱情这件事。

吃完年夜饭开车回家的路上,有烟花骤然升空,在夜幕里瑰丽绽放。路上的车辆三三两两,节庆的喧嚣和冷清相映成趣,在这个疫情没有回家团聚的夜里,我却感觉很踏实。我不再想万家灯火哪一盏是为我而亮,我步履稳健而轻快,一个人除扫旧陈,一个人张贴窗花春联,一个人迎接跨年倒计时,因为不等任何人,我才完全属于我自己。

满分的爱情是六十分吗?

颜如晶在《奇葩说》里有一个十分"标题党"的观点——"满分的爱情是六十分":

> 我很喜欢你,我也很爱你,但我也需要我的家庭,因为亲情、友情是爱情给不了的;如果爱情是一百分,没有你就失去了全世界,我承担不起失去你的风险。

这很主流,很符合现代文明对女性的教化,爱情不再是女人的全部。那种为了喜欢的男孩站了三十个小时,只为出现在他学校门口,给他一个二十岁的生日惊喜;那种为了心爱的男人,穿上围裙苦练厨艺,只为了给奔波一天后疲惫的他一碗热汤的慰藉;那种放弃了大城市前景可观的事业,愿意陪他回老家过"从前慢"的日子,早已不是"独立女性"的恋爱图景,"恋爱脑"成了"反独立女性"的贬义词。只爱一点点,不爱那么多,成了现代女性的价值宣言。爱情,成了一个我们需要戒掉的东西。

然而，这些是我二十几岁时信仰的事。

那时候得益于自己感情的收放自如，早已经懂得不把鸡蛋放到一个篮子里，有不同的朋友圈子，有热衷且投入的爱好，有不断精进自己、向上攀升的斗志，而爱情不过是生活的点缀。接着身边的朋友一茬一茬走入婚姻，过上稳定且一地鸡毛的日子，我也一度成为别人口中羡慕的对象，孑然而自由。

三十岁之后，我却逐渐对这种人生观产生了怀疑。分散投资，让我不把重心放在任何一个单一的情感类型里，然而多重保险，带给我的不是安全感，是一种"不属于"任何人的"疏离感"，仿佛万千灯火，却无一盏为我而亮，人群熙来攘往，却没有人因我来，为我去。我与这个世界好像是没有关系的，那一年我这么想。

有人曾语带无奈地对我说，你在爱情还没开始的时候，早早地想到了如何退出，像一只小小的刺猬，对一切可能的伤害说不。那时候我还不懂他的包容和心疼，我以为爱情是价值的交换，总得让自己立于不败之地，他却怜悯我"缺乏安全感"。

弗洛姆在《爱的艺术》中指出：幼稚的爱是"我爱你，因为我需要你"，而成熟的爱是"我需要你，因为我爱你"。他认为爱不是一种资源，而是一种能力。"六十分的爱"这种观念值得反思的地方在于，它把爱默认为一种有限的资源，给了你我就变少了；给了爱情，留给亲情和自我的爱就变少了。把爱当作资源，便会带来索取思维，会认为"爱"是有条件的，你满足我的需求，我就爱你，反之，你便

把爱当成资源的人，总是能体验到匮乏。

成熟的爱是一个自我增值的过程，
创造性地给予不会减少我的拥有，
而是丰富了我们的人生体验。

不配得到我的爱。

"爱是有条件的"这个潜意识，无形之中塑造了"讨好型人格"和"疏离型人格"。本质上都是安全感的匮乏，前者害怕"失去"，所以压抑自己的需求，只为了回应外界；而后者为了不体验"失去"，便培养自己不依赖、不建立深度的情感链接的能力。所以，把爱当成资源的人，总是能体验到匮乏。

弗洛姆认为爱是一种能力，是一种创造性"给予"的能力，通过"给"这件事来体验自我的力量、富裕和生命力。

用这种思路来回看，那个在拥挤的绿皮车厢站了三十个小时的姑娘，仅仅是为了给喜欢的男孩一个二十岁的生日惊喜吗？她自己的二十岁是不是也因为这一趟艰难而甜蜜的旅行而变得丰满免于扁薄？即便最后与她偕老的是另外一双手，在落满晚霞的庭院里坐看云卷的时候，想起年轻的时候爱得天真热烈，会不会感觉不枉此生？

那个曾经十指不沾阳春水的女孩，为了给爱人做一碗热汤，囿于厨房的方寸之间，是否也会因为爱人的感激而满心欢喜？是否理解到爱也可以是一蔬一饭？

那个放弃了大城市，陪爱人回到家乡过安稳日子的女孩，是不是也更能体会"从前的日色变得慢，车、马、邮件都慢，一生只够爱一个人"？

明白了吗？为什么我不再认同"满分的爱情是六十分"这种价值观，因为我不再希望把爱视为有限的资源，不再认为爱是一种有条件的付出。成熟的爱是一个自我增值的过程，创造性地给予不会减少我的拥有，而是丰富了我们的人生体验。

这种爱情不是避风港，而是一种共同的努力、成长和劳动。

所以再看"我爱你与你无关"这句话，我的理解是，"你"只是一个使爱情生发的客体，"爱"是一个动词，是在与你互动的过程中，我体验、察觉继而发展、锻炼而来的一种能力。我从来不觉得在一段爱情里，爱得多的人是弱势的。被宠爱的人或许可以恃宠而骄，而给予爱的人，却始终有权利决定继续爱或者不爱。

爱的客体或许会变换，而爱的能力将会伴随我们的一生。

这世上的每一次拥抱，
都将以松手告终

1

午饭刚过，你照例去茶水间接了一杯咖啡出来，刚走到座位就被拉去开一个头脑风暴会，手机扔在桌上充电。会一直开到下班，手机上突然多了一百多条信息提示，还没来得及弄清怎么回事，往包里一扔，急着去赶班车。7:29，再晚一分钟班车就会准时发车了，公司半年前搬到了这片新园区，远在五环外接近六环，说是商业规划用地，跟郊区没什么两样，周围几栋写字楼尚未完工，基建服务还没跟上，离最近的地铁站也得二十分钟车程，班车几乎成为大家唯一的通勤选择。好在为了赶班车，也没怎么加过班。同事提前帮你占了座，招手示意，两人说了一天的话，落座后戴上耳机没有交流的打算。你这才得空翻出手机弄明白那一百多条信息是怎么回事。

你被拉进了高中校友群，临近一百周年校庆，据说明年老校区要拆迁了，有人提议趁着这个机会办个同学会，最后跟母校留个念。这个群早就存在了，只是好友的入群通知你从来没有接受过。要说有什么隔阂，其实也没有，自从社交通信工具从 QQ 迁移到微信，联系人名单就过了一次筛，除了几个挚交，跟大部分人都断了联系。非得联系的理由不太充分，可也没有非得拒绝的理由，活到一定年纪就会发现这个世界上的一切都是无可无不可的，过分执着和刻意疏离都是某种矫情。嗯，你就是矫情，好在对于这点你也不否认，算是跟自己的缺陷逻辑自洽了。

明明发私信解释自己拉你入群的举动是被迫的，是为了响应"人民群众"的呼声，还发了几张聊天截图以证清白。显然大家对你这个长期"失踪人口"的现状还是很好奇的。你回了一个笑脸，明明那边打字不带气口儿的又发来一串：

吓死我了，还以为你生气了呢。
下个月十六号同学会，你来吗？
来吧来吧，母校都要拆迁了，再不看就没机会了。
5555555……

你简直要被她逗笑了，解释说下午在开会没看手机。

我打听过了，他在外地出差，回不来的。

看着这条信息你哭笑不得，好像你不加群、不去参加同学聚会是因为他似的，都过去七年了，还有什么好放不下的。你输入："早释然了。"又删了，改成"想什么呢，他去不去跟我有什么关系"，还是不满意，怎么说都刻意，刻意的总是少了洒脱，不够轻描淡写。

事实上一年前你被拉进高中群，发现的时候是半夜，刚一点开就看见一张他的照片，有人翻出高中时候的旧照，感叹岁月是把杀猪刀。照片上的他穿着一件白衬衣，手插口袋，一侧的书包背带把衣领拉开一道口子，隐约露出脖子里的一条红线，是那年春节家里去五台山时，顺便帮他求的一个保佑他学业有成的挂件。

那个时候的他又高又瘦，像是衣服架子，在白衬衫里虚虚的撑开一片，形容不出的怒马鲜衣。打完篮球回来的他，一边的校服裤腿总是挽到膝盖下，露出一段线条完美的小腿。你总爱盯着他的小腿看，那个时候你还没正规学过素描，还不懂什么黄金比例，只觉得那线条有某种奇异的吸引力。

后来你在网上画漫画，男主角总是挽着一边裤腿打篮球，在熟悉了人体骨骼肌肉的结构，研究了形形色色的小腿后，你才反应过来，原来那种皮下脂肪过低，被一层皮包裹着的腓肠肌，纤秾合度，在脚踝处收紧，露出踝骨骨节的腿就是所谓的"漫画腿"。

看到照片的一瞬间，你心脏紧了一下，拇指下意识地上滑，看到他发的一句玩笑话：高磊，你是不是暗恋我，偷偷保存我的靓照，没事拿出来"凭吊"一下。

看到这你不自觉地笑了，这是他能说出来的话，又往上翻了两

页，点了退出。

放下了吗？也的确没什么念想了，不是偶然撞见了"旧时王谢堂前燕"，也不会想起这个人了。这些年咸咸淡淡的恋爱也谈了那么几段，总觉得男女之间也就那么回事，没有谁离了谁就活不下去，谁离了谁都能活得挺好。

《前任3》热映的时候被同事拉进电影院，演到孟云扮成至尊宝在车站广场大喊"林佳，我爱你"那段，一屋子人的抽泣声此起彼伏，听得你直起鸡皮疙瘩，不明白这种廉价的塑料煽情有什么好哭的。你总觉得那种当街示爱的行为根本不是为了感动别人，而是为了感动自己，满足自我那个用情至深的人格形象，潜台词不是"你看，我好爱你"，而是"你看，我好用情"。

这一点，你们俩倒是同盟。大一那年他来看你，在宿舍楼下有一堆蜡烛摆成的一颗心，女生们挤在阳台看好戏，纷纷猜测这场事先张扬的告白对象是谁。

电话响了："这颗心好看吗？"

你吓了一大跳："不会是你摆的吧！？"

还没等那边回应，一个男生抱着一大束玫瑰，站在蜡烛心尖儿前大喊："孔小佳，做我的女朋友吧。"

整栋宿舍楼的女生为之骚动，你举着手机往楼下走，问他在哪儿。

"在这个倒霉蛋儿侧方五十米。"

刚说完一排蜡烛就被闻声赶来的宿管阿姨一盆水浇熄了，"哪个系的"传到耳边都破音了。

　　一出宿舍楼就看见他了，戴了一顶毛线帽子，下巴收进高领毛衣里，一见到你就笑出一团白气，两只眼睛弯弯的，氤氲在雾气后面，特别特别亮。

　　你激动得声音都在抖："你怎么来了？"他的城市离你有六个小时的车程。

　　"那颗心不是摆给你的，怎么有点失望？"

　　"你敢摆，我就敢查无此人。"

　　你们在一起的时候，他从来没送过花，也没在情人节凑过热闹，你们有默契的共识，这种可以被礼阅的表达都不高级，每次看到路上有女生抱着花都觉得尴尬，以至于后来有人送花到公司，你都要趁午

休偷偷丢到楼梯间，总觉得这种公开的示爱不够体面。

他对你的好，是两个人的通关密码，外人无迹可寻。高二因为迟到在操场罚站，太阳晃得你睁不开眼睛，他微不可察地挪了半寸，把你笼罩在影子里。有一阵子你俩短暂地做过同桌，中午大家趴在座位上午休，他打完篮球回来，要搬开后面的桌子才能进去，冰镇可乐的瓶子放到你脸跟前，在一张试卷上若有似无地替你制造丝丝凉气。以至于四个人的小团体直到毕业，高磊和明明都没看出端倪，高磊后知后觉地总结："我说聂鹏飞一个大老爷们儿为什么随身带着心相映的手帕纸，还是茉莉花香味儿的，敢情你俩早就暗度陈仓了！"

明明见你输入了半天都没敲出一个屁来，一连打了一串问号，给句痛快话，到底能不能来？

你发过去一个哭笑的表情，回了一个"来！"

2

聚会安排在一个周六，一个班五十多个人，竟来了大半，除去那些不在本地的，几乎可以算是全勤。有些人几乎快十年没见了，再见面也并不觉得有多大变化，你时常觉得费解，上班之后认识的人，一年半载不见都惊觉变化惊人，想来年少时看人看得深，大约内里的东西总是不容易变化的。

母校要搬迁的消息一出，引来了很多前来"凭吊"的学子，有的甚至定做了统一的班服，拉了横幅，像是一个个观光团体。你晚到了一些，赶到的时候校门口一个班的人都到齐了，高磊远远看见你就高声招呼，明明一个箭步冲过来，把你拉到一边语速飞快地解释聂鹏飞本来跟班长说了出差来不了的，这不知道怎么又不出差了，明明举着三根白白胖胖的手指发誓说她绝对不知情。你一把钩过她的脖子，另一只手屈指在她脑门上弹了一个响："怎么他来了我就不能来了？他还把我吃了不成？！"

一行人在校门口合了影，便零零散散地往学校里走，各自寻找最具回忆价值的旮旯加以缅怀。你跟明明逛到图书馆，贴在玻璃窗前往里窥视，即便是周末里面也座无虚席，长桌上铺满了试卷、参考书，一张张年轻的面孔埋首其间，让人恍惚觉得，这个空间好像是独立于时间之外，任凭世间年月更迭，那桌前总是十七八岁的脸。

明明说："像不像那句歌词唱的，一代人终将老去，但总有人正年轻。"

你笑了，没说话。

背后有团影子笼罩上来，你从玻璃的反光里看见那张熟悉的脸，左肩下意识地缩了一下。

"那桌子像是没换过。"那声音一点也不遥远，像是昨天还在耳边响起过。

图书馆的桌子是实木的，不知道用了多少个年头了，包了一层厚厚的浆，光泽柔和，跟刷了道漆似的。但桌子的稳定性不太好，如果一桌子的人谁奋笔疾书，其他人的书都跟着晃。以前四个人经常周末来这儿自习，明明和你连排坐，高磊和聂鹏飞坐对面。明明学文，打分班起就决定了要走艺考的道路，所以压力不大，每次来图书馆都翻漫画，从不正经学习。你选了理科，中考物理、化学都是满分，对理科也有兴趣，可是分班后明显感觉智商不够用了，一整天算上课间休息都埋头解题，一天也将将应付一套作业。聂鹏飞午休打球，下课也从不肯好好在座位坐着，一个晚自习轻轻松松就把作业搞定了。

每次自习看着你对着一道物理大题咬了半天笔头，一张写好解题思路的稿纸就会推过来，旁边还不忘了画只猪头嘲笑你。你也总是在桌子下踢他一脚以示感谢，有次歪脚踢到了桌子腿儿，正在睡觉的高磊被惊醒，一脸迷蒙地问是不是地震了。你们俩憋笑都快憋出内伤了。

聂鹏飞此刻站在你身后半米远的社交安全距离内，从玻璃上的反射画面来看要更近一些，你感觉到一阵压迫感，侧身滑走，提醒他们追上大队伍，随后便有些心不在焉，余光总要分出一个角落留神他的位置，一旦突破安全距离，内心警铃便要响个不停。你挺烦躁的，搞不懂自己是个什么情况。好在母校也就那么大，很快就逛完了，组织者在附近定了个棋牌室，一群人就分散成三三两两，有打麻将的，有打桥牌的，也有闲话家常的，明明和你窝进一个小包间，跟几个人"开黑"，总算分不出心去想其他的。

晚饭在学校附近的红房子吃中餐，开了三桌，你和明明去了趟厕所，回来大部分人都就座了，只剩下聂鹏飞旁边和对面女班长旁边两个空座。明明眼疾手快在聂鹏飞身边坐下，免得你尴尬。

你跟聂鹏飞的恋爱，班里大概没什么人知道。没人察觉到明明的体贴举动，让这种谨小慎微显得有些孩子气。一桌人感情充沛地叙着

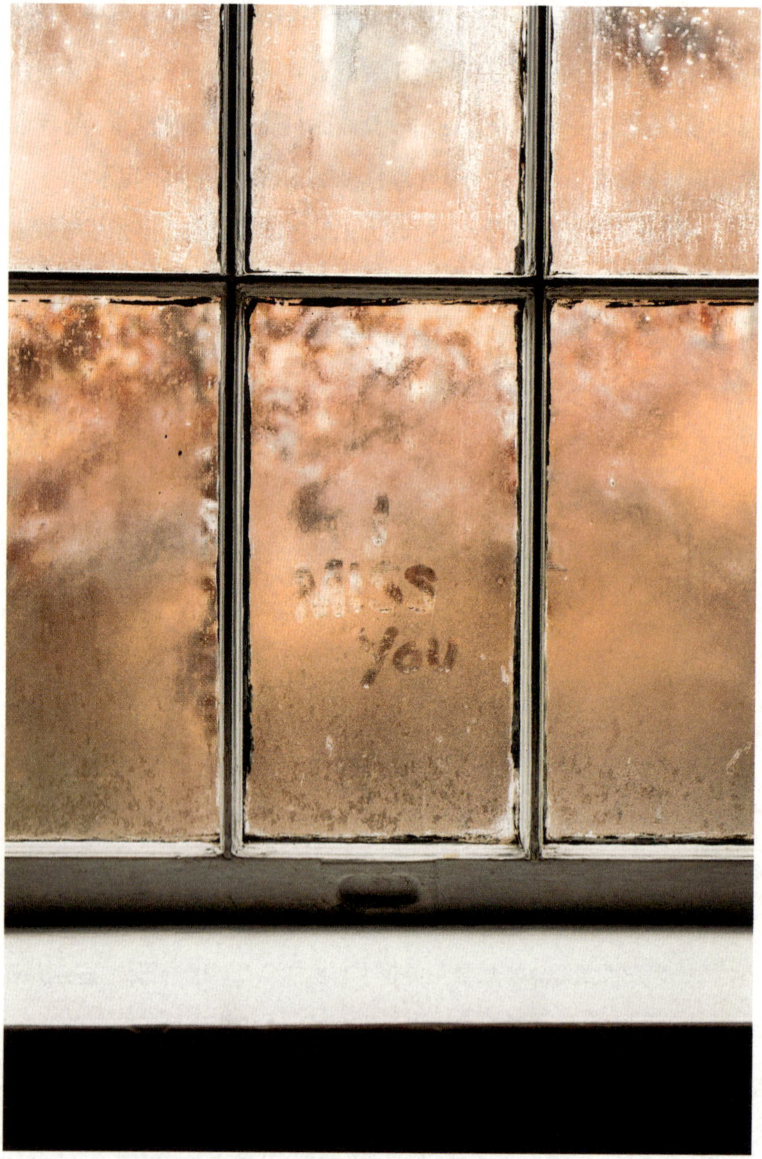
I
MISS
you

旧，张冠李戴地把发生在 A 身上的故事安排在 B 的身上，同窗三年未必都是挚交故友，好像这点儿交情在时间里泡一泡就变得真挚无比，感情是真感情，不熟也是真不熟。那些琐碎乏味的日常，在这种奇幻的语境下被叙述，好像每个人都活成了传奇。连无心插柳出版过一本绘本的你，也成了别人口中所谓的"漫画家"，你笑着没有接茬儿，伸手去夹一块糖醋小排，筷子打滑，小排又掉回碗里，错过了最佳时机，电动转盘把盘子推远了。你放弃了，也不是真的想吃。没想到盘子又逆时针转了回来，你看见他一只手架着烟，头偏到一边等着接高磊的火，两个指头虚放在转盘上，把那碟糖醋小排又推到你跟前。

对面那个人以某种微不可察的方式在心里又亲近了起来。你想起来有次四个人去必胜客，高磊一气呵成地点完餐，例行把单子拿给大家审阅，聂鹏飞把四杯冰可乐划掉，换了两杯热果珍。

明明说："唉，我不喝果珍，大热天的。"

"我喝。"他笑着说。

"大热天的喝什么热果珍，有病啊。"高磊一边说一边把改过的单子递给服务员。

那天你刚好来大姨妈，本来也没痛经的毛病，症状不明显，连明明都没察觉，不知道他是怎么发现的。

你们那个城市，冬天枯水期，每个城区轮着限电。那天晚上停电，你妈妈跑到隔壁区打麻将去了，家里就你一个人，点了根蜡烛看书，蜡烛的光不规矩，晃得眼睛疼，最后索性吹了蜡烛，躺进一片黑暗中。手机突然亮了，他发短信问你要不要去放鞭炮。

那年市区已经禁售烟花爆竹了,也不知道他从哪儿搞来一大袋形色各异的火炮。在街区花园找了块空地,吸引来一大堆不着家的小孩。那天光看他放炮了,你跟一群小孩站到一边捂着耳朵笑。唯一一只你点的炮还是只哑炮,但你非常开心。后来他送你到楼下,已经来电了。你们站在单元门口,你没说要上去,他也没说要走,心照不宣地就那么站着。他突然问你想报考哪儿的大学。刚刚出来的全市模拟考试,你刚上重点线,大概能在本市选一所211大学,但是你想跑得更远一点,你没回答,反问他想考哪儿。他说了本市的一所重点院校,以他的成绩除了清华北大,北京的大学应该都能考上的。你突然有某种猜测,心骤然收紧了,想问他为什么不报北京的学校,最终什么也没问。楼道里的声控灯熄灭了,黑暗将你们笼到一起,你只记得他的眼睛很亮很亮。

结束的时候,高磊喝醉了,明明和另外一个男生送他回家。你喝了一点酒,有点反胃,想走到地铁站吹吹风清醒一下。他突然跟过来说也要坐地铁。

末班地铁,那节车厢里几乎没什么人,两个人并排坐着,都没开口说话。你找出来几封早就看过的工作邮件,假意查阅着,一抬头从对面的玻璃上,看见他盯着你笑,那意思再明显不过了,看穿了你的意不在酒。你突然脑残地问了一句:"看什么看,没见过美女啊!"

说完两个人都笑了,紧绷的气氛瞬间瓦解。

你们在同一站下车。你故意拿话逗他:"别说你也住这一片儿啊。"

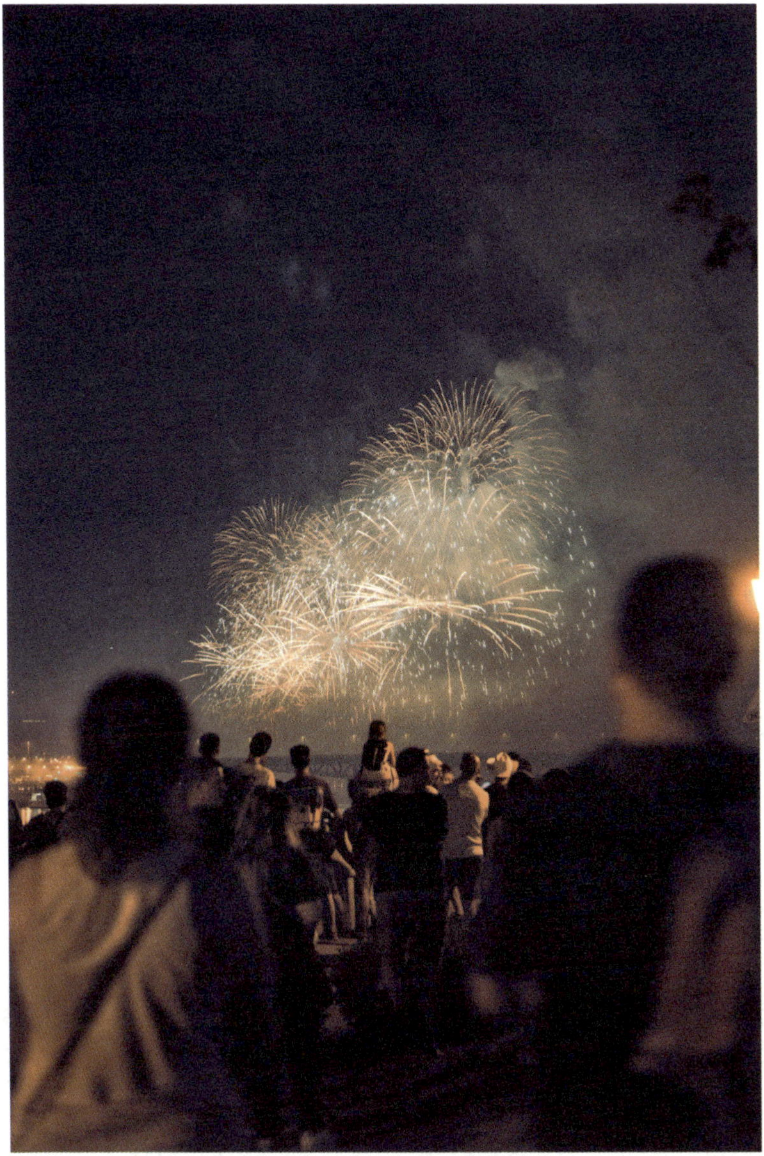

他笑着说:"陪你走回去,你们小区后门那段路太荒了。"

"你知道我住哪儿?"你好奇。

"嗯,有次跟高磊开车经过,他说的。"他从来都很坦然。

你手插在大衣口袋里,半张脸都埋进了毛衣的高领里,那点酒劲儿被夜风一吹,早就清醒了,情绪却仗着酒劲儿有些放肆。看着地上被路灯拉变形的影子,总觉得应该说点什么。说些什么呢?问他结婚了没?女朋友总该有吧?你真的想知道吗?突然很想问他那年分手的原因是什么。

能有什么原因?另有所属或者无以为继,终究不过"不爱了"三个字。

其实你们连"分手"都没说出口,就像在一起的时候也没谁率先告白一样,自然而然。事出总有因,大概是从某个自称粉丝的女孩加你微信开始。先是在微博点赞,每一条都点,热情得让你都误会自己真有点才华横溢、引人瞩目的样子,某天随手发了一张照片,是学校里黄昏的粉色晚霞,女孩留言说自己也想考这所大学,于是便顺理成章地加了微信,学姐长学姐短地取经问道。几个月后女孩很巧合考上了他所在的那所大学,你还自作多情地说,我死党也在那所学校,让他罩着你。

某天在女孩的朋友圈翻到一张宣示主权的照片,没有正主的全貌,你一眼就认出了那双情侣球鞋上骨节分明的脚踝。毕竟也是自己高中三年课间走神时,在书页的夹缝间临摹了千百次的参照物。你什么都没问,负气清空了所有社交联结,自此再无交集。往后深夜辗转无眠的时候你也无数次追问过，他为什么不联系你？现代社交网络这么发达，真心想要联系一个人并不难，你像一个经纬分明的坐标，只要他想，总能找到，可他没有。你也曾自问自答过，是不是只要他解释你就会选择相信？答案是肯定的，但他也没有。如果说沉默也是一种回答，他的答案掷地有声。

连明明和高磊都跨省来学校找你，一个劲儿地恨铁不成钢地分析案情："那女孩哪里是什么想要考你的学校的粉丝，就是他们学校英语系的学妹，不知道从哪儿知道了你微博，套路你呢。你也真是的，什么死党，说一句男朋友烫嘴啊。"另一个也不装了，气急败坏地数落你："不是我说你，你咋那么拧巴呢，聂鹏飞什么样的人别人不清楚，你还不清楚吗？高中的时候，班花往他身边凑，他都要错身说句'借过'的人，以前我不知道你俩的事，还想这小子装什么大尾巴狼，后来才回味过来，他就差大张旗鼓地说一句'名草有主'了啊。他小子也是驴倔，他想什么我一清二楚，他赌气你信一个不知道哪儿冒出来的心机女，都不信他，关键是你连一句质问都没有，法官判案还给被告陈述的机会呢，搁你这儿就这么判了死刑，也太草菅人命了吧。"

那个下午在学校对面的麦当劳，你微笑着听他们轮流游说，从义愤填膺到哀其不幸，桌上的可乐续了三轮，你都没说一个字。你甚至都没意识到自己用微笑来表达倔强，直到半夜酸痛的嘴角被泪水烫醒，你才终于承认，自己就是矫情，就是拧巴，但是最懂你的他，看你一眼就知道你中意哪杯奶茶，太熟悉你喜欢的眼神的他却没有回应

你表面的决绝。他明白你在赌,赌他舍不得从这柔光的视界里离开。最后你赌输了,他也没有赢。

想到这儿,你刚刚对上的视线又急急地挪开了。你感觉有什么东西在混乱的情绪里死灰复燃,几乎就要脱口而出,你为什么不来找我呢?然而最终什么都没说出口,你知道,你的矫情从来没有不治而愈。

他的声音在右侧头顶传来,掀起一阵热气:"你啊,还是那么骄傲。"

你抬头瞪了他一眼,他随即示弱地笑笑,接口道:"我也是,年轻的时候谁没骄傲过呢？"

一辆自行车歪歪斜斜地从巷子里蹿出来，他把你往身边拢了拢，你被这猝不及防的动作乱了阵脚，差点撞进他胸口，鼻尖传来一阵淡淡的墨水香。Byredo（瑞典香水品牌）的双面墨香，你暗自想。某年陪同事逛街挑选情人节礼物，你在店里闻到这款香水的一瞬间就想到了他，很奇怪，他从来跟文字沾不上什么边，也从不给人舞文弄墨的联想，怎么就让你想到了他，并且鬼使神差地把那款香水买回了家？那一年你是有男友的，情人节却也没去凑那个热闹，那瓶香水现在还在你床头柜上，连封口的塑料包装也不曾揭下。

骑车的大爷回头大喊一声"对不住了啊"，转头歪歪扭扭地又骑走了，一阵不着调的"妹妹你坐船头啊，哥哥我岸上走"从远处传来，听得出来大爷心情蛮好。连带着你的心里也跟着松动了一块。你笑着抬头，问他，这么多年有没有后悔过。

"肠子都悔青了！"他也笑着回你。

"一次都没想过来找我？"你得寸进尺。

"大四那年偷偷去你学校看过你，结果看到你的新男友，气得我转头就走了。"他佯装生气的样子。

"瞎说！"

"居然那么快就翻篇儿了，枉我白白守身如玉了两年半！"

你突然被他的语气感染，笑出声了，心里那密密麻麻纠缠的情感瞬间便彻底松开了。你想，能这样说话，真好。

你也不去计较他是不是真的有偷偷跑来找过你，分开之后，彼此的近况总会别出心裁地挤进对方的大脑,你的确在大学的最后两年赌气似的换过好几任男友,身边总得有人叨叨几句,才不至于察觉心里的空洞洞。你也从高磊或者明明放松警惕的谈话间捕捉到他的"旧闻",走到哪儿都能掀起一片涟漪的,这也合理,他本就是人群里比较拔萃的那一类人,一举一动,谈笑间都带着一股引力,让人忍不住看进去。毕竟是自己喜欢了那么多年的人啊,你竟然有些按捺不住地自我褒奖。

"我一直留着你以前的电话,每次喝醉了酒就夺命连环Call,可能心里还期待着你心回意转了又把这个号码用回来。"他语气里有三分自嘲式的无奈。

"注销掉的号码还能申请回来吗?"你问得真诚。

"可说呢,反正啊,我就想着要是你接了电话,无论天涯海角我都立刻朝你狂奔而去。"他挑起一边眉毛,不着调地说。

"这种行为是不是用一个成语来形容叫'自欺欺人'?"你也学他挑了挑眉。

"谁说不是呢?"

这条回家必经的巷子,并不真的很长,路灯时常被醉酒的人敲碎,平日里你总是三步并两步地奔逃而过,也就一口气的工夫。今天却走出了天长地久的错觉,但路再长也终归有尽头。当你们站在单元门口对望的时候,时空恍若失序,突然倒转回到了高三那年的冬天,他也是在暗处望着你,眼神很亮很亮。你们都倔强着不开口,也无动作,好像还在较劲,谁先打破僵局谁就输了。

最终他笑着叹了一口气,努嘴对你说:走了,上去吧。

你还僵着并不接茬儿。

"怎么,不会想邀请我上去喝杯茶吧?"他坏笑着说。

你突然也笑了,朝他张开双手,他明显愣了一瞬,接着笑着拥你入怀。漫长的分别终于以拥抱而终,你们彼此心照不宣,这才是分手最终的句点。

这个世界上人和人的每一次拥抱,都将以松手而终。

爱尔兰电影里的浪漫情绪

我曾经编辑过一本叫《纸上卧游记》的小书，作者旨在足不出户，囿于一间小小的书房，却能通过书籍环游世界。时隔多年，再次想到这本书，竟然觉得十分应景。网络发达、媒体四通八达的当下即使足不出户，还能通过一块小小的屏幕，窥探更多彩的世界。

你会在半夜时分只为了听一首没有歌词的歌曲，穿着睡衣跑到几个街区以外的便利商店买一块安装在 CD Player 里的电池吗？然后在返程的途中唱了起来。

那一刻，生命丰沛得像是要从夜晚流出光来。

《曾经》是一部爱尔兰的独立音乐片，由一群非专业演员担纲主演，本片的导演兼编剧约翰·卡尼是爱尔兰著名的独立电影人。然而十几年前，他从没想过自己会去拍电影，更别说在国际上拿奖了。20世纪90年代初，约翰还在摇滚乐队"The Frames"中当贝斯手，而《曾经》和"The Frames"的不解之缘从这时起就埋下了伏笔。

本片的男主角格伦是"The Frames"乐队中的主唱兼吉他手。"他是一个出色的作词家，而他的曲子就像图画和影像那样能表现瞬间。他的作品有一种褒义的暧昧，是诗一般的可供自由诠释的东西。虽然一时可能觉得毫无意义，但很可能在某个地点、某种感受之中突然领悟到其中真正的含义。"约翰这么评价道。

格伦以前只在电影《追梦者》中演过一个小角色，约翰认为，比起演技，他那种天生的领袖魅力和沉稳大方的性格更为重要。而且，格伦全身心地投入了这个角色，仿佛这是他人生的最后一部电影。

玛可塔是捷克人，她会弹奏乐器、会唱歌，也会作词作曲。她曾与格伦合作推出过一张音乐大碟，是被格伦拉进摄制组的。回顾起当时的情形，年轻的音乐女孩显得非常兴奋："我以前看过约翰的电影，它非常酷。我也觉得这部电影的创意很棒。有一天晚上，格伦突然打电话给我说'你来演电影如何？'这简直就是在开玩笑！我喜欢格伦的音乐，激动得心怦怦跳。"

故事发生在都柏林的街头。格伦扮演的男主角是个只在夜晚演唱自己歌曲的街头艺人，他把对前任女友的爱和思念唱进歌曲里，并不在乎是不是有人真的懂得欣赏它。

玛可塔扮演的女主人公是东欧移民，是一个两岁孩子的母亲，也是一个赡养母亲的女儿。她以卖花为生，只在每天中午到附近的乐器行弹一个小时的免费钢琴。她欣赏格伦的音乐，欣赏那些只在夜晚响起的不被人熟知的曲子。

他为什么不在白天唱这些歌？这是她所好奇的。

"因为白天大家只想听到自己熟悉的歌曲，我得生活。"格伦这

么解释道。

格伦是电器修理工的儿子,而玛可塔刚好有一台坏掉的吸尘器。当玛可塔拖着那台笨重的吸尘器带着格伦出现在乐器行门口的时候,却并不显得滑稽可笑,好像那是一把会突然发出声音的奇怪乐器。

玛可塔演奏了一曲门德尔松的古典乐曲,我并不在意我是否能听懂,也不在意她弹奏的专业程度,我只是喜欢她弹琴时的姿态,让身上那件廉价的红色毛衣也变得华丽起来。

格伦拿出乐谱,向玛可塔讲解分解和弦,然后两人合唱了一曲 Falling Slowly。我喜欢玛可塔伴奏时总是小心看着格伦的眼神,以及她和声里轻柔的气质，让悲伤的歌曲也变得可爱。而格伦更像是一个神经质的精神病患者，在他的音乐里有一种让人紧张的执着情绪，听着听着连心也收缩起来。

回程的公车上，玛可塔问及格伦歌曲里的那个女孩。格伦先是闪烁其词，接着却和着吉他，把自己的故事唱了出来。车窗外的风景行走得缓慢，并在某处停滞不前，玛可塔的脸上看不到廉价的同情，反而在格伦重音的脏话里，三人乘坐的公车顿时热闹了起来。

我喜欢玛可塔在路上唱起歌来的那一段。被车灯照耀着，戴着耳机，穿着睡衣的她，白天只是一个因找到一份清洁工作而开心不已的赤贫移民。而此刻，在昏黄的光线里，在路人诧异的目光注视里，她就那么唱起歌来，仿佛世界都已退化成歌词里一次不经意的喘息或者停顿。生命就此充盈起来，像是饱满得快要落下雨水的云。

或许爱尔兰民族的血液里，千年来一直流淌着一种莫名的浪漫。

艺术生长在每一处看不见阳光的湿地，慢慢地长出青苔，柔软又随处可见。

我读不懂那些街头艺人演唱时的表情，猜不透那用来计量生命厚度的刻度，隐隐能感觉到的是被踩踏的叫作"梦想"的东西。

所以，格伦要去伦敦。

他们花两千块租下一间录音室，去二手店买了一套便宜又不落伍的衣服，带着自己的歌，向银行申请贷款。银行经理迟钝的神情让人感觉这又是一次碰壁的艰难历程，没想到，他居然抱着吉他唱了起来，使得影片的调子突然就变得开朗起来。

聪明的约翰留给我们一个欲言又止的结局,
不励志,也不感伤,像是那永远看不透的生命的本质。

格伦邀请玛可塔和他一起去伦敦闯荡，玛可塔不置可否，说着晚一点去的回答，让人不禁质疑两人可能重叠的部分。于是他们在街头说着再见，融进各自生命的成分里。

格伦买下了玛可塔每天弹奏的钢琴，当作临别的礼物。

二楼的房间里，母亲、小孩、准时来看电视的邻居，和从捷克来的丈夫，欣赏着玛可塔弹奏着不知名的乐曲。*Falling Slowly* 的音乐再次响起，附和着节奏的镜头从窗口拉出来，玛可塔弹罢转头渐行渐远的神情，像是用"曾经"为这段偶然的相遇画上了句点。

聪明的约翰留给我们一个欲言又止的结局，不励志，也不感伤，像是那永远看不透的生命的本质。

虽然，本片并不是一部完美的影片，一些缺乏内在联系的镜头和交代不清的情节，包括格伦离开之前和父亲的交谈都显得刻意。可是在这样软软的旋律中，我们也逐渐丧失了批判的能力。

这世间的一切都是可以被原谅的

她生日，在东四胡同的一家餐馆订了一桌私房菜。低调的门面让我们在胡同里走了两个来回才找到门口。九月，残留的夏日，在槐树荫下歇脚，热得并不急躁。这不是一个愿意被大肆渲染特殊氛围的日子，三五朋友小聚小酌而已，她却看起来不甚开心。我们心照不宣，这个生日聚会，不过是为了那个人而举办的，但是他却因为公司团建缺席了。

她每一次爱得用力，失恋后便会留下一脸青春痘，像是祭奠青春的残余。这很好，再美的人终究也会有爱而不得的时候，便是对平凡人的安慰。我们谈论爱情，却不加以审判，爱情不像道路行车，有明确的规章法纪，你没走过她的路，你永远无法理解她在每一个路口的果敢或犹豫。我们大抵都不是那种在爱情里掷地有声的人，道德是用来约束自己的，而不是践踏他人的垫脚石。她的感情里有人为了她卑躬屈膝、谨小慎微，她也会为了另一个人食不下咽、夜不成眠。于前者不见她骄蛮得意，于后者也不见她心生怨怼。

我们谈论爱情,却不加以审判,

爱情不像道路行车,有明确的规章法纪,

你没走过她的路,你永远无法理解她在每一个路口的果敢或犹豫。

心肠硬的人看似坚强，其实是用硬壳包裹着自己，
既隔绝了外界，也隔离了自己，
用冷冰冰的坚硬，挥别了这世间的温热和柔软。

明明说了从此以后做朋友，他却总是隔三岔五地撩拨。大概是不舍与一个美好的人形同陌路，总有一点私心在里头。我们劝她决绝，她说不想让心变得太硬。

年少的时候心柔软得一塌糊涂，走在异乡陌生的街头，看着夕阳把一切染上紫红，便觉得世间的一切都是可以被原谅的。在长大的过程中，荆棘路走得多了，练就了一身铜皮铁骨，突然就迷信起海明威式的英雄主义，可以被毁灭，却永远无法被打倒。那种杀敌一千自损八百的硬心肠何尝不是一种阿Q精神。我曾经觉得除了父母亲人，没有什么关系是不可割舍的，朋友也好，恋人也罢，只要觉得被辜负了，便能决绝告别，老死不相往来。

曾经有一个同事，在公司附近的小花园里，跟我讲述她如何跟历届前任保持友好的关系，对方的父母如何惦记她，逢年过节总有特产寄来。当时的我对这种所谓的高情商不以为然，为什么要跟前任做朋友？你很缺朋友吗？

来北京的第二年，因为一点小矛盾跟四年同窗的挚友闹掰，硬生生七年时间互无往来。至于当时因为什么吵架已经记不得了，可见不是什么原则性的大矛盾。大概是因为情感受了伤害，所以才要硬起心肠，让自己立于不败之地。

现在看来，这背后的心理机制，不过是认为自己是不能被辜负的，自己是不能受伤害的，这是一种因过度关注自我而引发的保护机制。心肠硬的人看似坚强，其实是用硬壳包裹着自己，既隔绝了外界，也隔离了自己，用冷冰冰的坚硬，挥别了这世间的温热和柔软。

她说不想让心变得太硬，是明白即便自己受到伤害，也不能因此判定对方是一个坏人。在感情里，喜欢就是喜欢，不爱了也就只能是不爱了。她还是会在他脆弱的时候提供一个安慰的出口，会记得他的生日，记得他喝咖啡不加糖，在朋友圈刷到漫威最新的电影会帮他抢一张零点首映的电影票。因为没有把对方搁在对立的位置，也不致生出对自我的怀疑和贬低；因为没有过分渲染哀痛，便也不会恶意刻画对方的过错。她始终明白，她和他都是很好的人。

我很喜欢这样的失恋故事。没有眼泪鼻涕齐飞，没有恶狠狠的抱怨，没有不甘的执念。我们缩在沙发的两头，白墙上投映着一部年代久远的爱情电影，窗外小雨淅淅沥沥，钻进来的风卷起门帘轻响。一切都是平静柔和的。

我们不再交谈，安静地看着故事里的遗憾和错过，好像这世间的一切都是可以被原谅的。

假如明天提前到来

如果，有人走到你面前，直视着你的眼睛，言语诚恳地告诉你，他来自未来。你会相信吗？

我想我会。

那么，反过来。

只是在朋友的生日聚会上才第一次见到的陌生男生，你却得知明天他会出现在社会新闻的头条，被一辆疯狂失序的卡车亲密接触。血腥的画面不适合曝光在公众面前，你能辨认的只是图片里一堆模糊的光影，或者是朋友日志里关于生命无常的感叹。

不过是一面之缘而已，整个晚上说过的话一只手便能数过来。

他递给你一块朋友的生日蛋糕，你笑笑说："谢谢。"

他用来回应你的是随性牵起来的嘴角线条，"不客气"只是动作的写意，落在眼睛里。

和那些每天都在擦肩的缘分不相雷同的，是他刚好拥有被你喜欢的某种特质。

头发黑亮，有几缕挡在眼睛前面，被肤色映衬得黑白分明，鼻子的线条显得刚毅，又在眼睛的部分变得柔和，是笑意带着的暖色，像是要陷下去。

你有些不忍想象这些隆重的部分，在路边散成一堆血肉模糊的板块，只在油墨粗糙的色彩里显得无法辨认。

那么，你会怎么办？

你刚下车就接到小雨的电话，她催促着问你怎么还不来。

"到了，到了。"你笑嘻嘻地应着。

三楼左边的第二间包厢，服务生领着你进去，用专业的姿势比画出"有请"的意思。房间里已经放起来生日快乐歌，安德鲁森的水

果蛋糕被头顶的橙色光线映得华美异常。小雨跑过来，向大家隆重介绍："这是我大学最好的姐妹，洛婧。"

与会的人员加上你自己一共三个女生，另外一个女生一头栗色长发，末梢打着卷，黑色连衣裙把姣好的身形衬托得恰到好处。和你不是一个类型。男生里，一个胖胖的男生热情地跟你打着招呼："啊啊，小婧就是你啊，常常听小雨提起呢。"另外一个，隐在灯光后面，看不太清楚，举着手里的烟算是打过照面。还有一个就是他，在点歌台前折成单薄的线条，白色衬衣被松松垮垮地顶起来，袖口挽起几寸，露出手腕上的藏青色套绳。他抬起头来朝你笑了笑，像是一个下在眼睛里的蛊。

"生日歌要点哪个版本？"他看回屏幕这么问。

"温岚那个，《祝我生日快乐》。"小雨把一只话筒的线牵起来。

"不太应景啊，哈哈。"胖胖的男生笑着说。

小雨的声音有点哑哑的，把这首歌诠释得丝毫不差，原本欢愉的气氛中牵进了伤感的情绪，听歌的人突然变得好安静。唱完这首歌，就该点蜡烛了，安德鲁森特配的会唱歌的蜡烛，是一朵莲花的姿态，配合着音乐一开一合，大家合唱了一首"正版"的《生日快乐歌》，一遍中文，一遍英文。小雨闭着眼睛，双手在胸前合十，许愿的神态虔诚。然后大家合力吹熄了蜡烛，由胖胖的男生负责切蛋糕，三刀六块。另外一个女生叫嚷着吃不下，又在那一块上多切了一刀。随后便是周末聚会的普通流程，胖胖的男生点了陶喆的《爱我还是他》，高音的部分实在没法听。你隔着那个沉默青年坐在他左手边，从这个角度可以看到绑在套绳上的金属字母"XY",那是"小雨"的拼音缩写,巧合而已,实际代表的是他女朋友"小优"的拼音缩写。他是小雨公司设计部的同事,1982年出生,比你和小雨都大三岁,单亲家庭的孩子,父亲在国外。

当然,这不可能是第一次见面就能了解的全部,这是你在小雨明天那长达一万字的博文里得知的信息,以及那字里行间淡淡透露着的迷恋、惋惜和沉痛。那不是小雨的风格,她像个身怀绝技的斗士,在爱情里向来是所向披靡的,带着点自以为是的骄傲和自私。她是所有女生拉响警报小心防备的对象,所以在四年里,她身边的同性朋友也只有天性随和的你而已。但是,在他面前,小雨变得不同于以往,谨言慎行,收起那身满满的芒刺,变得卑微而敏感。你想这大概就是所谓的"真爱"吧。

沉默青年起身如厕,这样,你们之间隔着一个人的空位,变成邻近的关系。仿佛察觉到了视线轻浅的重量,他转过头迎上了你的目光,你本能地想要避开,又想起明天会出现在早报上的画面,不免心头一颤,张嘴想要说些什么,嘴角的肌肉牵动起来的不过是一个欲言又止的微笑,莫衷一是的。他被你搞得有些摸不着头脑,笑着回应,把头转开。

在生命面前,懦弱胆怯以及被当成言语失常的疯子的危险都应当退化成轻薄的水彩,不值得渲染,你很明白。可是,你依然毫无作为地看着死亡朝他步步逼近,而他竟全然不知。你有些焦躁起来。沉默青年推门进来,坐回你和他的中间。房间正中的光束擦亮他的鼻尖,在嘴唇上投下阴影。你在揣测死亡的印记。

不知谁点了一首《小心眼》，小雨递过来话筒，拉你一起唱。

> 好风景　多辽阔
> 好天气　多快活
> 好心情　多享受
> 好的东西我们眼光相同多感动

小雨一边唱，一边拿微笑的眉眼睨你。

该你唱的时候，他拿着电话推门出去。

"这一次，请你把他让给我。"唱完这句，你放下话筒，追了出去。

他背对着你靠在墙边，所以并没有察觉到你的到来。

"不要无理取闹了好不好？"语气里满是疲惫。

经过长长的沉默，你听他淡淡地说了句"我晚点过来"，便收了音。

"不要去！"几乎是在电话挂断的同时你说出了这句话。

他转过头来像是在确认这三个字是对他说的，眉毛挑起来是个疑问句。

"不要去！你会死！"你努力让自己的语气不被误认为在进行一个荒唐的游戏。

"是啊，会被她折磨死。"他眉眼堆起来笑意，温柔被无限放大。

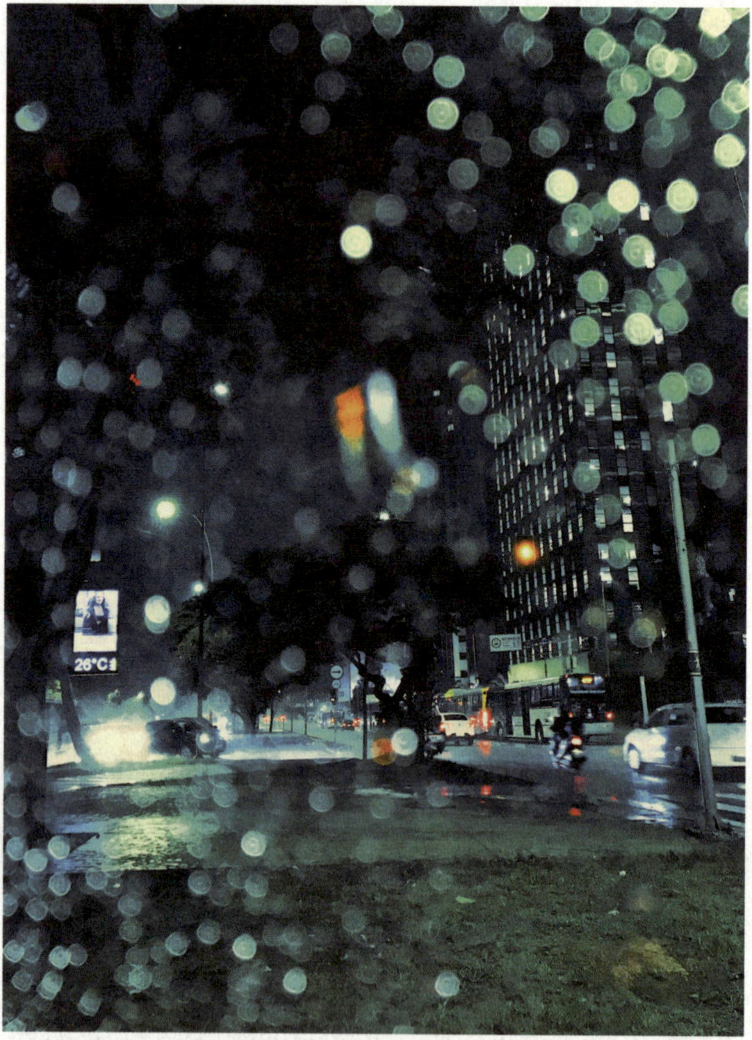
26°C

"不是，你不明白，你真的会死。"你有些着急。

他收敛起正色的神情问你："你怎么知道？"

该怎么跟他解释你所看到、听到、得知的一切？时间荒谬地画了一个圈，你刚好站在这首尾相衔的起点。

"不知道该怎么跟你解释，你会在……"你抬腕看了看时间，十一点零五分，"明天凌晨，死于一场车祸。"

一辆醉酒的卡车在无人的马路上横冲直撞。他跟着女朋友从巷口冲出来，司机为了躲让突然冲上马路的他的女朋友，急转方向，他像一片叶子一样飞起来，像是慢放的镜头，声音绵长，某一刻，他以为自己是在飞翔。

"你看见了？"他轻声问。

"嗯。"你犹豫着哼出一个音节。

"恐怖吗？"他笑起来，却不像戏谑的口吻。

"嗯。"你重重点了一下头。

"真尴尬呀，被你看见那个样子。"你有些不敢相信他会用这样的措辞来谈论一场死亡，仿若是在谈论某次无意的失态一般正常。

"几点钟？"

"十一点零五分。"

"不是，我是说事故发生的时间。"

"哦。报纸上说是凌晨两点零五分。"

"那还有三个小时哦。"他笑起来，"还有很多心愿没完成哪。"

"那你的心愿是什么？"

他把手举起来，盘在脑后，像是躺在一张柔软舒适的大床上，让人忍不住想要靠过去。"我希望，即使我不在身边，她也要懂得好好照顾自己。"他停顿了一下，"不要总是那么任性。"

你好像有点明白了小雨退缩的心情，在他面前，你仿佛丧失了战斗的决心，融在他对另一个人浓浓的情意里。把喜欢的心情搁成咖啡里的方糖，带着苦涩的甜蜜。

你钳着手背贴墙站着："可以阻止的，只要你不在特定的时间出现在特定的地点。"

他没有回答，视线落在对面的墙上，看不穿是哪一点。

身旁的门被推开，小雨走出来，看见并排站着的你们，微微怔了一下，笑着说："聊什么呢？"

"我们多唱两个小时吧。"

走出来的时候，已经是次日凌晨两点了。门口领班的服务生换了一批面孔，虽然是九月的天气，夜风吹起来却像是沾染了深秋的凉意。他手插在口袋里，背包的肩带在胸前拉出一条线，整个人像是被拽着向后弓成一道弧。发现你在看他，他举起一只手，意思是在问几点了。

"两点整。"你大声喊着，风从张开的嘴巴灌进去，像是被顶得膨胀起来。

他的电话又响起来。

"你说了你会来的，你说了的！"女生骄横的声音被风吹进一些来。

他苦笑着朝你看了一眼，别过脸去："你等我。"

他招手叫来出租车，你一把抓住他衬衣的下摆："不要去！"

他笑着握过你的手说了声"谢谢"，拉开车门，躬身坐了进去。

载着他离开的出租车竟然也有了些义无反顾的味道。

你抬手看了眼时间，两点零四分。说不定能逃过一劫。

碰撞的巨响从下个路口传来的时候，你正抱着小雨准备说再见。你不是第一个冲上去的人，背后传来尖叫声，一辆大卡车横亘在马路中央，出租车被仰面朝天地掀翻在地，一只血肉模糊的胳膊从窗口伸出来，血顺着字母滴下，像是镀了一层棕红色。

你以为你可以保护一个人的身体不被毁灭。

却没想到，改变不了的是一个人被爱毁灭。

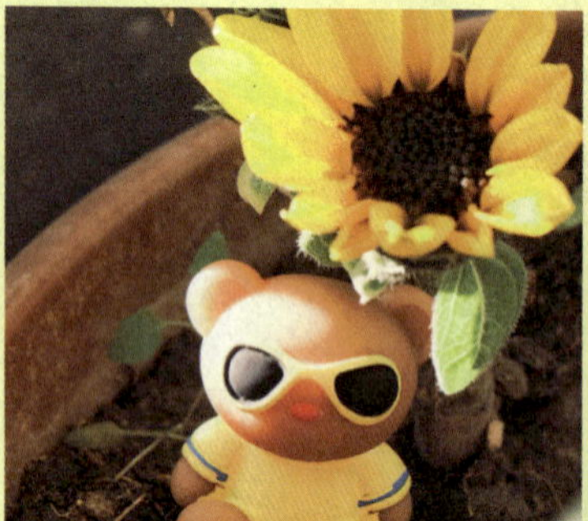

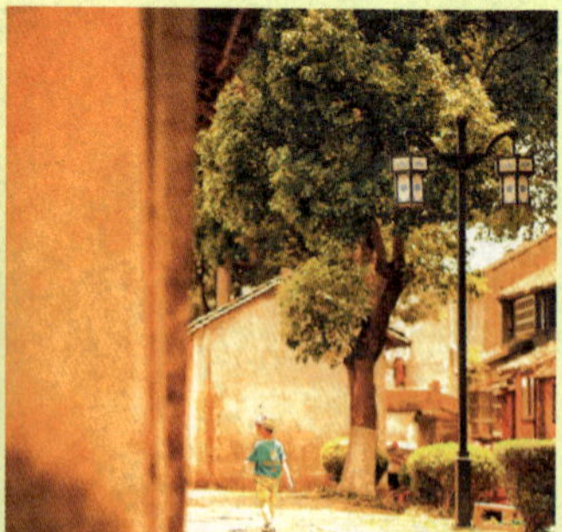

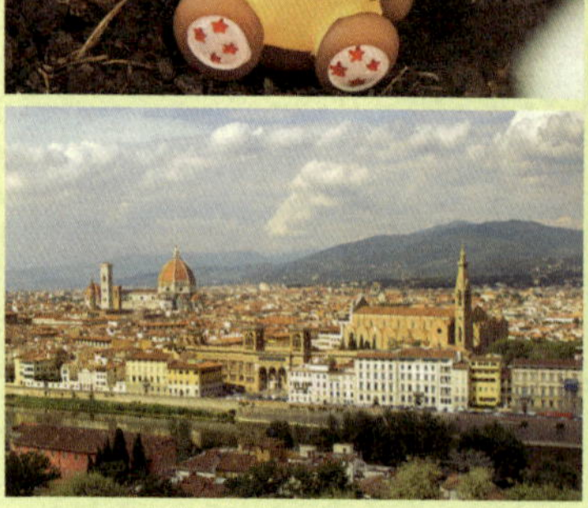

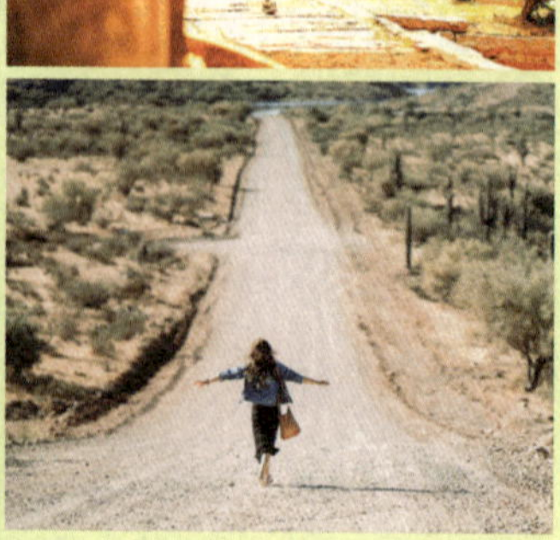

PART 5

接纳生活的全部，
便是一个人的顺风顺水

众生皆苦，
我们并不特殊

　　我时常想起，在十几年前，北京三环百花金鸡影院门口，下班晚高峰的时段会有一个老头支起一个简陋的地摊，卖最古早的棉布鞋垫、造型粗糙艳俗的铁丝绢花，老头略有残疾，像中风后遗症似的口齿不清，脚有点跛，跟人交流的范畴很狭隘，仅限于：买不买，多少钱。

　　我几乎每天下班回家都能碰见他，春夏还好，北京的秋冬入夜寒气深重，风吹得人面目扭曲，肢体麻木。我隔三岔五去买上一双鞋垫、几朵绢花，家里的每一双鞋都塞了鞋垫之后，还有一些没开封的摞在鞋柜上。粗俗的绢花随手插在空酒瓶里，看久了，竟有一种怪异的、复古的、恶搞式的时尚感。光顾了那么多次，大爷也不认得我。

　　有时天气实在糟糕，看着被冻出两条鼻涕的大爷，我问：大爷，你这还得卖多少才能收摊？他大概没能理解，答非所问地说：五元一双。我看着他生了冻疮的手里紧紧地攥着几块钱的毛票，心想，我何德何能。

刚做编辑那几年，在安贞路的一个小院里办公，办公室是居民楼改的，六个人挤在一个十几平方米的办公室，壁挂空调是新装的，制冷效果惊人，盛夏最热的那一阵子，我们总是赖在空调房里，等夜幕低垂收了暑气才往家赶。那个时候的印刷技术还没有广泛数字化，在编辑稿和印刷之间还有一道"出片"工艺，就是把PDF转化成胶片，才能付印。小于是跟我们对接的出片公司的业务员，他应该长我几岁，我却也跟着老编辑们叫他小于。

下印前，小于会把胶片送到出版社给我们检查，查出问题还需要重新出片，他就得再跑一趟。还记得那天太阳很毒，下午三点小于第二次来到出版社，衬衣被汗水洇湿一片贴在背上，眼镜因为出油滑到了鼻梁上，他一只手拎一只袋子，分不出手来扶一扶镜架。

我说："这么热的天，你怎么不打车来。"

他笑得很腼腆，说公交车很方便的。

40℃高温，我从窗口看到小于的后背在烈日下又汗透了一大圈，他步履匆匆，连一把伞都没打，赶去步行要二十分钟路程的公车站。我还是想，何德何能。

中秋将至，从东三环赶去西边赴宴，晚高峰的三环主路上，司机频繁换挡，在车流的滞阻里缓慢挪动。一个红灯的间隙，司机大哥从兜里掏出一袋花生，匆忙往嘴里塞，略带歉意地跟我解释，这份工作没办法按时吃饭，落了胃疾，不时得垫点东西才能缓解。

我沉默片刻，底气不足地问他："有没有考虑换一份相对清闲的

如果苦难可以变成语言被捕捉，
被表达，被宣泄，那不善言辞的人，
又是如何承受心底的重量的？

你愤懑人生而不同，
我却时常因为不同而感觉羞愧。

工作？"

司机大哥笑着说："孩子明年上大学了，还得跑出四年的学费才行。"见我踌躇不知如何回应是好的样子，又接口道，"我们这代人都是这么过来的，啥工作不辛苦啊。"

我赧笑着点头附和，再挤不出半个字。

从菜市场买完酱牛肉出来，街边花圃水泥台子上坐着两个工友，一身风尘，一人一个馒头，就一盒素菜，看不出油星。不远处一大摞钢筋建材，阳光从树荫的缝隙落下来，被不锈钢板的镜面反射成生硬的光。两个中年男人对坐无言，沉默地咀嚼，对投射进眼底的一切漠不关心。我时常在想，如果苦难可以变成语言被捕捉，被表达，被宣泄，那不善言辞的人又如何承受心底的重量？

佛曰：众生皆苦。

你总说你的苦更多一些，诸事不顺，工作换了一个又一个，在北京没能扎下根，也没能存下钱。你拎着四万块的包，却抱怨自己没有房，你出门从来不乘地铁不搭公交，却埋怨自己没有车。你说谁谁谁跟你一样年纪，早已经年薪百万，又说谁谁谁跟你容貌相似，嫁了上市公司的高管，朋友圈只剩"诗和远方"。

你觉得苦，是因为你从来看不到众生，看不到月收入不足一千的人还有很多，只看到金字塔尖那一小撮人构建的"成功"的定义。

这些年你访遍了古寺名刹，所求众多：求项目顺利，求财源广进，求善姻良缘，求贵人提携。你明明身体康健，免于风餐露宿，流离失所，却还是觉得苦多乐少。

你愤懑人生而不同，我却时常因为不同而感觉羞愧。

在分别的路口，你问我能不能陪你再抽一支烟，我看着那支在你指间明明灭灭的星火，突然想起刚来北京那一年，我去接你下班，也是这样的大风天，我们疯笑着在红灯读秒的时候奔跑过街，手里的烟转瞬只剩一截燃尽的尾巴。那时候你吃路边的麻辣烫也总是很有滋味，打地铺也总能睡得安稳，你说北方的暖气燥，不会有潮气。

如果说快乐存在比较级，尝过的快乐越多，越不容易感受幸福。

那是不是苦难也有比较级，就如史铁生所谓的：

>其实每时每刻我们都是幸运的，因为任何灾难面前都可能加一个"更"字。

我们没必要活成性别的反面

其实，在我成长的环境里，好像并没有太多关于男女不平等的认知，我的父母、家族并没有给过我"因为生了一个女儿"的那种遗憾。反而我跟爸爸的关系非常亲近，时常听他感慨：还是生女儿好，女儿跟爸亲。

在我的学生时代，也没有明显感觉到男生和女生在体力、智力上的明显差异，相反，在义务教育阶段，因为女生的注意力更容易集中，班里的前几名、班委干部往往都是女生。所以我想我是在一种"没有性别差异"的环境里成长起来的，所谓的"女性主义"，在我的认知里，便是女生跟男生是一样的。所以，我潜意识里把男生当成一种标的物，我觉得我不应该在任何一方面比他们差：他们喜欢踢球，那我也可以喜欢，虽然上场的第一次体验就是被球直中面门，血流不止。男生爱讲脏话，我也时常如法炮制，觉得挺酷。男生爱看的漫画是《灌篮高手》《乱马》《七龙珠》，所以我也不看《美少女战士》《花仙子》。好像潜意识里总是在向他们靠近，以此来印证男女没有不同。

我第一次认识到男女有别,是在初二开学典礼上。初一的时候,列队的前排还有很多男生,好像只是一个暑假的事,他们就像生发的豆芽,迅速地挺立起来,一水儿地排到了队末。然后是体育课上,男生能很轻易做到的引体向上、俯卧撑、仰卧起坐,女生很难跟上。性格上的不同也逐渐呈现出来,女生更敏感、细腻,视野聚焦的往往是一些局部、片面、细节的部分。而男生更钝感,神经更大条,关注的内容相较之下更宏观。所以,我一度认为跟男生交朋友更简单,免于一些女生之间细微的情感纠葛。

这种男女有别的认知,在进入社会之后越发明显。首先男性免于生育之苦,少了职业上的一块绊脚石,企业在招聘的时候,对于适龄但尚未婚育的女性,有用人成本的担忧;男性的钝感力,让他们免于情绪的滋扰,让他们显得更富有逻辑性;女性的富于同情、怜悯之心,在职场斗争中往往处于劣势;女性更重感情,需要更多时间,才能走出一段感情的创伤,而女性也更在意关系的和谐,潜意识地避免竞争,这使得女性在职场上显得缺乏野心。

女性在家庭中承担更多的家务和教育孩子的任务,也使得她们如果要在专业领域跟男性一样出色,需要耗费更多的时间。

这个阶段的我,认为男女是有别的,而男性更容易在事业上取得成功。

随着女性主义思潮的崛起,人们越来越认识到,男女性别上的差异不完全来自生理,还包括社会对于男女性别规训的差异。所以女性主义的先驱不仅追求与男性同工同酬的权益，也在生活层面向男性靠拢，以此证明女性不遑多让，无论从哪种角度都不比男性差。

《钢琴教师》被认为是一部反男权社会的经典作品，女主人公因为长年遭受母亲病态的控制，形成了一种扭曲的人格，她试图夺回控制权，她的种种行为，被解读为对男权社会的反抗。

比如，她喜欢偷窥，这正是对于两性角色中的传统秩序的反抗：男性看，而女性被观看。身为教师的她异常严格，这种严格带给她一种权威和优越感。她试图改造并控制她年轻的情人，她通过写信的方式来命令年轻的情人对她施行虐待，但她内心又希望对方能出于真心实意的爱，而对信的内容置之不理。在这场控制与反控制的角逐当中，她的失败是显而易见的，无论她的外在表现是如何像一个男人那样去爱，而她始终无法抑制女性追寻一种真实且平等的爱的愿望。

我好像有一点明白那点让我觉得矛盾和不适的东西是什么了，我们对于男权社会的反抗是以一种抹杀女性特质的方式，以一种把自己变成男人的方式进行的。

我们从一种话语权中解放出来，接着我们又进入另外一套话语体系：从前可能是"干得好不如嫁得好""不生孩子的女性是不完整的""撒娇的女人最好命"等，现在是"别在该动脑子的时候，动感情""你野心勃勃的样子很美""做内心强大的女人""别让小情绪害了你"。

现在的小说、影视剧也在流行一种以女性崛起为核心价值观的类型化作品，被统称为"大女主"类型。作品中的女人需要比男人更杀伐决断，更工于权谋，更冷酷无情，才能凌驾于男权之上，成为千古传奇。

什么是女人？这个问题永远不会只有一个答案，但我更喜欢的答案是：女人不是一个固定的现实，女人的身体是她不断追求可能性的场所。"成为一个女人"并不意味着生物性别与社会性别的对立，而是在于女性利用其自由的方式。

《阴道独白》的作者伊芙·恩斯勒在那场充满激情的演讲《拥抱内心的少女》中，用"少女细胞"来指代那些具有女性特质的东西：怜悯心、同情心、激情、脆弱，以及直觉性。她认为我们都是在一种"你不应该成为女孩"的教条下成长起来的，我们潜移默化地被灌输：同情会迷惑和阻碍你的思考，脆弱即劣势，情感是不可依赖的，人不应当凭个人情感去处理事情。

我们被灌输这种"少女细胞"是我们身上不完美的部分，所以开始对抗或者说隐藏那部分拥有"少女细胞"的自我，开始学会隐藏自己的敏感、软弱、怜悯、情绪化甚至是善良。我们不得不武装成更有进取心的样子，更干练、更果断、更不被情感左右。

《脆弱的力量》却告诉我们，正是这些使我们脆弱的东西，使得我们的生活更美好。

同情心让我们有更强的共情能力，更能理解他人；激情让我们渴望爱，并且拥有更多爱的能力；直觉思维、敏感让我们更容易捕获生活中的小确幸；而怜悯心正是我们免于成为施害者的能力。

《拉康与后女性主义》这本书里提出一个警示：任何分类形式都

"成为一个女人",并不意味着生物性别与社会性别的对立,而是在于女性利用其自由的方式。

有形成新的等级意识和极权统治的危险。前两天我在知乎看到一个观点：家庭主妇是女性群体的蛀虫。

我觉得这个观点本身就是来自女性内部的压迫和歧视，先不论成为家庭主妇是她们主动还是被动的选择，我觉得一个人做出法律许可之内的任何选择，都是应该被尊重的。

这也是女性主义给我的困惑所在，女性主义正在树立一种标杆，一种女性正确的打开方式。在接受任何主义之前，首先我们应该意识到，我们是一个个独立的个体。而我们自己才是自己生活的专家，等着什么主义、什么权威来告诉你怎么生活，这恰恰是女性主义想要改变的那种思维方式。

这个世界上的女性，是千姿百态的，各有各的美好，所以我眼中的优秀女性，不是只能活成女强人、女精英、女汉子，不是"男性"的同义词，不是活成一个统一范式。而是，可以强悍，但也拥有柔软的权利；可以坚强，却也拥有脆弱的权利；可以果断决绝，却也享有敏感、被情绪左右的权利；可以向前一步，也可以自由选择偏安一隅；可以选择在职场上和男性分庭抗礼，也保有相夫教子、安稳生活的权利。

我们不用为多愁善感而羞愧，为爱得用力而尴尬，为无法抑制的同情心而沮丧。坦然接受本我的女性特质，自由选择过更有意义、更能带给你幸福感的生活，而不仅仅是看起来成功的生活。

过想过的生活，交想交的朋友，爱想爱的人，尽力不活得庸俗。

你不需要一定强迫自己积极向上

当你遇到一个强大的对手,以至于产生自我动摇的时候,比如一个颜值和才气都优秀过你的情敌,一个能力和耐力都领先于你的事业竞争者,周遭善意的空气会如何保护我们?妈妈可能会告诉你,在她心里你才是最美的;朋友会告诉你,你的善解人意和内藏锦绣比那些一眼就能捕捉到的闪光特质要珍贵得多。甚至那些爱你的人,为了安慰你摇摇欲坠的自尊,不惜贬低那个让你产生危机的源头,试图消除你的消极念头,像喊口号一般不断重复着"你很好"。

可是,他们没有告诉你,爱情往往是不讲道理的。我爱你不是因为你很好,或许是因为通过爱你这件事让我感觉我很好。所以一个人爱你是正常的,而他不爱你也是正常的,再美好的人也有可能在爱情这件不讲道理的事情上受挫,这很正常。

他们也没有告诉你,人和人的竞争不会总是此消彼长的,不是东风压过西风的,有一些人就是获得上天的垂怜比较多,天赋异禀,超俗脱尘成为佼佼者。他们的存在让我们感到挫败，感到嫉妒，这也都正常。

我们的传统观点把情绪分为好的情绪和坏的情绪。恐惧、悲伤、嫉妒、愤怒是坏的情绪；喜悦、高兴、感动、自我满足是好的情绪，我们被教导要控制坏情绪，要成为一个乐观且积极的人。这种将情绪二元对立的做法，让我们时常处在一种害怕面对坏情绪的焦虑感当中。我们会问"我很焦虑该怎么办""我不快乐，该怎么办"，而当我们感到满足，感到快乐的时候，却没有人会问该怎么办。这种对待情绪的方式，让我们产生一种错觉，生而为人享受快乐是一件理所应当的事，把消极情绪识别成一种特殊境况。事实却是，只有好情绪的人生是不正常的。

哈佛大学心理学家苏珊·大卫认为：当我们抛弃正常的情绪，拥抱错误的积极性时，我们就失去了机会，去培养自己应对负面情绪的技能。

青春期的时候，我曾饱受嫉妒的折磨。一个各方面都比我优秀的朋友，总是让我自惭形秽。她比我漂亮，她会弹钢琴，她性格乐观大方，老师和同学都很喜欢她。这种全方位的碾压不是来自遥远的意象，她就时时刻刻在我身边，但真正让我痛苦的不仅仅是"嫉妒"这种情绪，而是意识到我正处在"嫉妒"这种不好的情绪里，以及随之而来的挣扎感。对这个让我产生嫉妒的对象，我开始丧失客观，不允许任何对她负面的评价出现，对她的颂扬已接近吹捧之能事，唯恐不这么做，便落入了因为嫉妒而产生的言行失格。

后来我向心理医生坦白了我的苦恼,她是第一个告诉我嫉妒并没有错的人,她说,它只是一种情绪,一种正常人都会有的情绪。而让你痛苦的原因不是嫉妒本身,是你潜意识里觉得自己不可以拥有"嫉妒"这种情绪。当我们告诉小孩嫉妒是不对的,应该清楚地意识到,你否定的并不是嫉妒这种正常的情绪,而是告诉小孩因为嫉妒产生的破坏行为是不对的。

苏珊·大卫认为,这种把情绪分为正面和负面的僵化态度,对于面对真实生活的复杂性是有害的,我们需要更大限度的情感灵活性,才足以锻造生命的韧性,使其真正成长。

她说父亲去世的那天,她如常地上学放学,脸上带着如常的微笑,面对别人的关切,扮演了一个十分完美的"我很好"的假象,她因为伪装出来的坚强而获得赞扬。没有人去探究她表面的平静之下那巨大悲伤和遗憾,甚至没有人去质疑面对亲人离世,这种"我很好"的合理性,保持积极已经成为一种标准化的正确。面对癌症患者,我们说要积极要乐观;面对失去亲人的人,我们说要积极要乐观。这种对于积极情绪的追求似乎成了一种暴政,没有人告诉我们在什么情况下,愤怒、悲痛是正确的,是正常的。这种对情绪的否认和压抑,反而会让它变得更为强烈,直到成为一颗病灶。

2019年10月10日,世界精神卫生日,世卫组织公布的最新数据显示,全球抑郁症患者人数超过三亿,抑郁症成为继癌症和艾滋病之后的世纪第三大疾病。那些不断被压抑的痛苦、愤怒等负面情绪并不会消失,它总会寻找一个宣泄的出口,而爆发的代价是巨大的。

没有人告诉我们在什么情况下,愤怒、悲痛是正确的,是正常的。
这种对情绪的否认和压抑,反而会让它变得更为强烈,直到成为一颗病灶。

唯有拥有灵敏的情绪调节能力，识别并接受所有情绪，学会真实表达自己的情感时，我们才能获得幸福！那么，要获得灵敏的情绪调节能力，我们有哪些可实践的方法？

第一步，需要无差别地对待每一种情绪，从好情绪和坏情绪的二元对立中解脱出来，赋予每一种情绪以正当性。不必为所谓的"负面情绪"而感到羞耻，也不要将所谓的"正面情绪"视为一种必然。

第二步，当我们解放了情绪的合理性，便能更敏感地识别每一种情绪，以及引发这种情绪的外因。苏珊建议用日记的形式记录每一种情绪的轮廓，记录当下内心最真实的感受，与我们的情绪建立一种私密性的沟通。但尽量避免用"我是愤怒的，我是悲伤的"这种表达形式，而采用"我意识到我感到愤怒，我意识到我感到悲伤"。你需要明白你的自我并不等同于情绪本身，情绪只是一种代码，是我们解读自我的方式，愤怒不是你，悲伤也不是你，喜悦、嫉妒也无法代表你。而情绪这种代码隐藏着我们对这个世界的看法，只有那些我们真正关心的事情才会引发强烈的情绪，也只有那些我们真正在乎的人才足以引起我们内在的波澜壮阔。情绪是认识自我的基石。

第三步，你需要明白，情绪困扰是我们与生活的一种契约，是我们追求人生意义所要付出的代价，没有哪一种人生可以豁免压力和苦恼，也没有哪一种人生应该获得全然的喜悦和毫无波澜的平静。所以不必拒绝那些引发焦虑、失望、痛苦的事。生命的柔美总是伴随着脆弱而存在。我们爱上一个人，就需要承担失去爱的风险。我们追逐一个目标，就不可避免地要承受失败的风险。我们享受年轻，便必须接

我理解你的挫败感,它很真实,
而这种痛苦是正常的。
你只需要明白,所有情绪都会消解。

受年华逝去、青春不再的落寞。我们追寻光明,便不能够忽略落在身后的那一道暗影。

当我感受到巨大的挫折时,我希望关心我的人不是空洞地安慰我"这没什么大不了的",而是能认真地看着我的眼睛,握着我的手,对我说:"我理解你的挫败感,它很真实,而这种痛苦是正常的。你只需要明白,所有情绪都会消解。"

人生没有捷径，
真诚才是必杀技

作为一个有着十年职场经验的人，依然难免闹出一些初出茅庐的乌龙和天真的笑话。前阵子跟领导和同事一起外出开会，会后道别，我顺口说了句"回家了"。我们是弹性坐班制，平日里自由安排时间的概率比较大，所以默认会后各自散去，可免于打卡的硬性规定。但显然，领导和同事对于这种心照不宣的"直白"都还是愣了一下。后来领导给我私下发信息善意地提醒：做事多留个心眼。

是啊，其实随口推诿一句"我去开下一个会"又有什么难的呢？略感懊恼之后，我开始反思这种行为背后的心理逻辑。是我不懂职场规则吗？是我做事粗心大意吗？是我果然天真烂漫到必须得指出"皇帝的新衣"吗？

都不是。这恐怕还是缘于一种对直线型叙事模式的选择。语言是人类区别于其他物种最神奇的创造。语言可以用于沟通，也可以用于欺瞒，可以用于正向表达我们的所思所想，也可以和我们的思考背道

语言可以用于沟通，也可以用于欺瞒，
可以用于正向表达我们的所思所想，
也可以和我们的思考背道而驰。

人都是有天赋指数的，有些人是有八面玲珑的社交天赋的，
而我更偏向于向内汲取能量，喜欢深度交流，喜欢灵魂和灵魂的靠近，
喜欢谈论一些精致而无用的形而上的话题。

而驰。就像三体人一开始认为的，语言是人类进化不完全的产物，因为无法通过脑电波直接高效地进行交流，才退而求其次地经由声带摩擦，创造出一种用于"沟通"的语言。但后来他们发现自己错了，因为人类的思维具有不透明性，以至于语言还具有欺骗的功能，人类历史上的阴谋、阳谋才得以存在，也只有人类才有"情商"一说。

我曾说过，不必过于迷信所谓的"高情商"，因为情商不是人类生存的必要手段，而是特定文明形成的特定产物。被儒家思想影响了千年的中华文明，强调"中庸"之道，表达讲究委婉的艺术，而西方人受工业文明的影响，讲究"高效""直接"。据一项调查显示，西方人来中国经商的挑战之一，就是文化差异。在我们的文明中不能太过追求"一蹴而就"，太过直接和高效率的表达方式并不能赢得人心。"怎么做就怎么说"的外国人，常常会受到中国人圈子的孤立，他们甚至会被戏称为"IBM"，即"International Big Mouth（国际大嘴巴）"。

很多外国人欣赏那些能以最快速度直截了当地完成任务的人，但中国人更喜欢那些注重细节、懂得长久发展的人。

说回我的叙事模式，"直白"是一种选择。因为我最受不了别人的长篇累牍、弯弯绕绕，就是不说核心观点的表达方式，经常在会谈中忍不住问"所以呢，你究竟想表达什么？"对于那种微信上用寒暄当开场白的朋友，也会直接回"讲重点"。这难免会给人一种不近人情的刻板印象。

我曾经也因为不够圆滑、不够灵活、不够"高情商"而困惑过，特别是看到别人在饭桌上长袖善舞、舌灿莲花的样子，对比自己被敬酒支配的恐惧，有一个阶段总以为这就是自己的局限性。

我相信在成长的过程中，有过这种困惑的人很多很多。也许他们也曾像我一样尝试过做出改变，结果却像偷穿大人高跟鞋的小孩，因违背天性而疲惫不堪。后来我终于明白了，人都是有天赋指数的，有些人是有八面玲珑的社交天赋的，而我更偏向于向内汲取能量，喜欢深度交流，喜欢灵魂和灵魂的靠近，喜欢谈论一些精致而无用的形而上的话题。

所以我选择把时间和精力花在那些自己喜欢和擅长的事情上。"木桶理论"在当今社会的语境中逐渐被证伪了，短板不再是限制个体发展的下限，而不断精进自己的长板，才是在芸芸众生中脱颖而出的关键。

比如不胜圆融的我，就选择在觥筹交错间做一个安静的"小透明"，但在自己的专业领域便能侃侃而谈，如数家珍，因为专业而被认可、被赏识。

除此之外，还是要相信"真实"的力量，就像那个指出皇帝赤裸的小孩，让成年人的虚伪无处遁形。无法否认的是，在生活中，大部分人还是偏爱那些"真实"的人性，哪怕有时候显得不合时宜，略微鲁莽，却也不失为一种天真的可爱。要相信大部分人的心智水平都是相当的，人比人也就笨几秒，那些"套路"不过是一种经验的累积，即便一时反应不过来，事后稍加琢磨便也能辨真伪。我们还是更倾向于跟"真"人合作，由于人类趋利避害的本性，大多数人还是更愿意选择那些风险指数较低的人作为长期合作的对象。

我挺喜欢杨天真形容自己的一句话:"把欲望写在脸上,将目标公之于众,成功了就疯狂赞美自己,失败了就体会什么叫痛不欲生。因为我始终相信真实地活着,远远好过虚伪矫饰。"

天真是一种福气,而选择天真便是一种勇气了。所谓知世故而不世故,究其根本不过是一种对自我的高度接纳。愿读到这篇文章的每一个你,天真,从容。

吃得了甜，咽得下苦，成熟的人生无非如此

最近因为买车，跟许久不联系的初中同学木及又频繁交流了起来。跟如她这样开了七八年车的老司机比起来，可以说，我对与车相关的常识一窍不通，所以她不厌其烦地叮嘱我，保险怎么买，4S店的销售套路是什么以及怎么应对，教我分辨哪些配套设备是很实用的，而哪些又是可有可无的。

说起来，我真是个在世俗生活层面缺乏远见的人，当然也可以理解为刚需到来得比较晚。年轻的时候浪漫得一塌糊涂，完全相信生活只是诗和远方。所以，几年前朋友劝我赶紧考驾照、摇号的时候，我不以为然地回绝了。想说开车又不环保，北京的地铁四通八达，去哪里都方便。当朋友开始为买房做规划的时候，我正在筹划利用人生的第一桶金去国外念书。我很在意的是什么行业才是心之所向，哪一家公司的氛围更能包容我天马行空的个性。只有在三里屯的暴雨中苦等两个小时出租车的时候，只有在被房东勒令两周之内必须搬家的时候，我才意识到，原来即便做不婚不育的快乐单身族，也有一地鸡毛

的时候。

当然这也没什么不好，只是比大多数人慢一拍而已。

在这场单方面知识输出的交流中，木及却突然对我说了一句："你知道吗，我很羡慕你。"

开车对她来说是真正的刚需，每天六点起床，送孩子去上学，然后火急火燎地赶去单位，下午四点又得风风火火地开车去接孩子放学，买菜回家做饭，晚上辅导孩子学习，伺候孩子洗漱，等一切落停，终于有属于自己的片刻时间的时候，已经累得上下眼皮打架了。她开一辆SUV，无他，只是因为空间够大，可以满足一家老小的出行需求。在我还在"Dream car"和实用性之间犹豫的时候，她坚定地建议：买你最想买的，趁着你还只需要满足自己的需求的时候。

如果是前几年，当已婚的同龄人为生活中的琐碎疲于奔命的时候，我对于他们口中的"羡慕你"不疑有他。我全然相信生命在于自我选择，而我选择的便是一条只属于自己的道路，为自由、为自己而活。但随着年岁渐长，多行了一些路，多经历了一些故事，多遭遇了一些磨炼，多体会了一番力不从心的无奈，渐渐发觉，我们不只是在挑选人生，也同样在被人生择捡。

木及说她的生活只有父母、小孩以及丈夫，就是没有自己。作家荞麦说：

> 生小孩与不生小孩，是完全两条路，互相几乎没有理解的可能。

我们选择了一条路，就势必羡慕另外一条道路上的风景，这些迤逦风光便会成为我们选择的代价，成为心魔，在无数个辗转的夜里无声叩问。那些抚养小孩的人总是假想，如果没有小孩，自己便能够有更多的时间精进自我：健身、学习、在职场奋进拼搏。这种对于失去的自由的假想，为自由这件事镀上了一层虚妄的滤镜，却没有意识到自己是否有能力接受这份巨大的自由，以及自由背后潜藏着的虚无、孤独和间歇性的无助。

我上大学时有一位令所有女生羡慕的老师，四十岁风韵犹存，算不上大众意义上的标准美女，胜在气质卓绝，一颦一笑、举手投足都散发着知识女性的光辉。在女性意识初现的年纪，她大概就是独立女性的初期范本。关于她因为不想生小孩所以选择了离婚的传说，让倔强、自持、勇于挑战普世价值的先锋女性形象更添一层传奇色彩。

她跟学生的关系淡淡的，有种莫名的疏离感，教学当然是尽心尽力地输出知识，可是学生到底要不要全心吸收，是否认真求索，便不在她的职责范畴里。上课从来不点名，没有苦口婆心，说到底，一屋子的成年人，应该学会对自己的未来负责。有一次，因为某个课题问题，我去演播厅求教，整个演播厅空荡荡的，她坐在主播台上，心无旁骛地备战博士考试，即便没有欣赏的眼睛，她依然坐姿笔挺，长发撩于耳后，优雅地在书页间勾勾画画，好一幅不食人间烟火的画面。大抵从那一刻起，我的认知悄然发生了改变，生而为女性，没有婚姻的羁绊，没有幼小需要照拂，全心全意地为自己而活，原来可以是一

我们选择了一条路，就势必羡慕另外一条道路上的风景，
这些迤逦风光便会成为我们选择的代价，
成为心魔，在无数个辗转的夜里无声叩问。

件如此体面的事情。

在那个"丁克"的概念还专属于社会先锋人士、带着小布尔乔亚的情调，跟手磨咖啡一样属于"舶来品"的年代，大家对"悔丁"一词更是闻所未闻。而这位老师，在四十岁时选择成为一位单身母亲。这在当年无疑是一个爆炸性的消息，成为各个学生寝室的深夜谈资。而流言蜚语的当事人，依然优雅从容地穿行在校园，微微臃肿的身材还有待恢复，却不显颓态，眉眼间流露着静气，丝毫不被世俗的目光所左右。她还是那种冷冷淡淡的，于他人无涉的惊鸿之姿。

谈及"气场"，我想到的并不是眉眼之中的厉色，不是视他人为无物，压倒性地占据主导权的角色，而是选择一种生活，并且无怨尤地承担这种选择带来的负面效应，不抱怨生活的苛待，不执着于失去，行自己的路，过自己的人生，免于流连顾盼的那一份从容。

说到底，无论是湮没于家庭琐事中失去自我的剥夺感，还是半夜独自去医院打吊瓶的无助感，无非是我们选择一种生活而势必承担的后果。人往往执着于选择的自由，却不愿意付出自由选择的代价，享受着一种生活状态带来的便利，却念念不忘另一种人生里的精彩。

没有人的生活是圆满的，家境、外貌、健康、受教育的机会……我们都是带着缺憾来到这个世界上，并不断接受缺憾的洗礼。我们相互羡慕，却不肯真的舍掉自己的生活，在别人的人生剧情里重新来过。

羡慕是最不必要的情绪。吃得了甜，咽得下苦，成熟的人生无非如此。

谈及"气场",我想到的是选择一种生活,
并且无怨尤地承担这种选择带来的负面效应,
不抱怨生活的苛待,不执着于失去,
行自己的路,过自己的人生,
免于流连顾盼的那一份从容。

我们都是带着缺憾来到这个世界上，
并不断接受缺憾的洗礼。

心之所向，皆为远方

因为各种羁绊，被拘在日常里的人，总是忍不住缅怀那些途经过的美景、美食和旅途中偶发的光亮。

2019年初，我跟马小姐的共同计划是，一定要在这一年去一趟欧洲。我们煞有介事地买好了《Longly Planet 旅行指南》，准备提前熟悉一下将要抵达的彼岸。接着各自被烦琐的工作裹挟，分身乏术，攻略上除了日期，其他仍是空白一片。去几个国家，路线怎么安排，怎么吃怎么住，直飞还是转机，每一项都是巨大的糊涂账。不知是否受到某种感召，在出发前的一个月，眼看计划即将不了了之，我坚决地说今年必须去，现在开始分工做攻略，不求最优，但求有效。解决了签证问题，从意大利入境，第一站罗马，由南向北，途经佛罗伦萨、威尼斯，从米兰转战巴黎，浮光掠影，不甚了了地完成了这次旅行。我们都想着，没关系，以后有的是机会"故地重游"，然而这个"以后"现在看来不知要等上多少年了。

不得不坦承，关于这趟旅行，我的记忆有些疏淡。每每听人谈及某个景点,都只能是"啊,我去过",却道不出一二,难免生出"我真的去过这里吗"的疑惑。记忆犹新的却是一些突发的小状况。

在米兰准备转机去巴黎的当晚,我突然发现护照丢了。两个人在酒店的大堂把两个旅行箱翻了个底儿朝天,连衣服口袋都没放过,就是不见护照的踪影。赶紧跑去警局报案,领教了欧洲人的低效率。在等号的时候,我给大使馆写了邮件准备补办一个临时护照,上网一查,意大利的使馆只在每周一至周四上午上半天班,顿时焦灼得不行。枯坐了两个小时,我提出再找找我们随身的包,结果在马小姐的布袋子里找到了我的护照,她惊讶不已,原来护照夹在了一沓明信片的中间。我们难掩失而复得的欣喜,几乎就要弹冠相庆。隔壁一同领号报案的人在恭喜我们之后,问我们要了那个比较靠前的排号。

当晚的飞机最终还是错过了,我们现查了攻略,准备搭乘夜班长途汽车前往巴黎。米兰的汽车站管理混乱,没有车次表,也没有值班的工作人员,我们不得不在候车的旅客之间辗转问询,最终在超过发车时间四十五分钟之后,那班车才姗姗来迟。汽车的座椅靠背无法调节,这一夜我腰酸背痛,几近无眠。旅居德国的朋友看到那条"丢护照"的朋友圈,给我发来问候,得知我们已经在去往巴黎的旅途上,又发来几条注意事项,说巴黎最近不太平,让我们注意安全。之前订酒店的时候,我们刻意避开了巴黎最臭名昭著的18区、19区、20区,然而就在我查看终点站和酒店的距离的时候,才发现我订的酒店恰好就在19区,检查Agoda的预订详情,才发现我看错了街区信息和门牌号。好在马小姐也没怪我,临抵站半小时前又重新在卢浮宫附

不知他乡，不念故乡，不寄望未来，也不怀旧过去，
安安心心活在当下的宁静萦绕着我们。

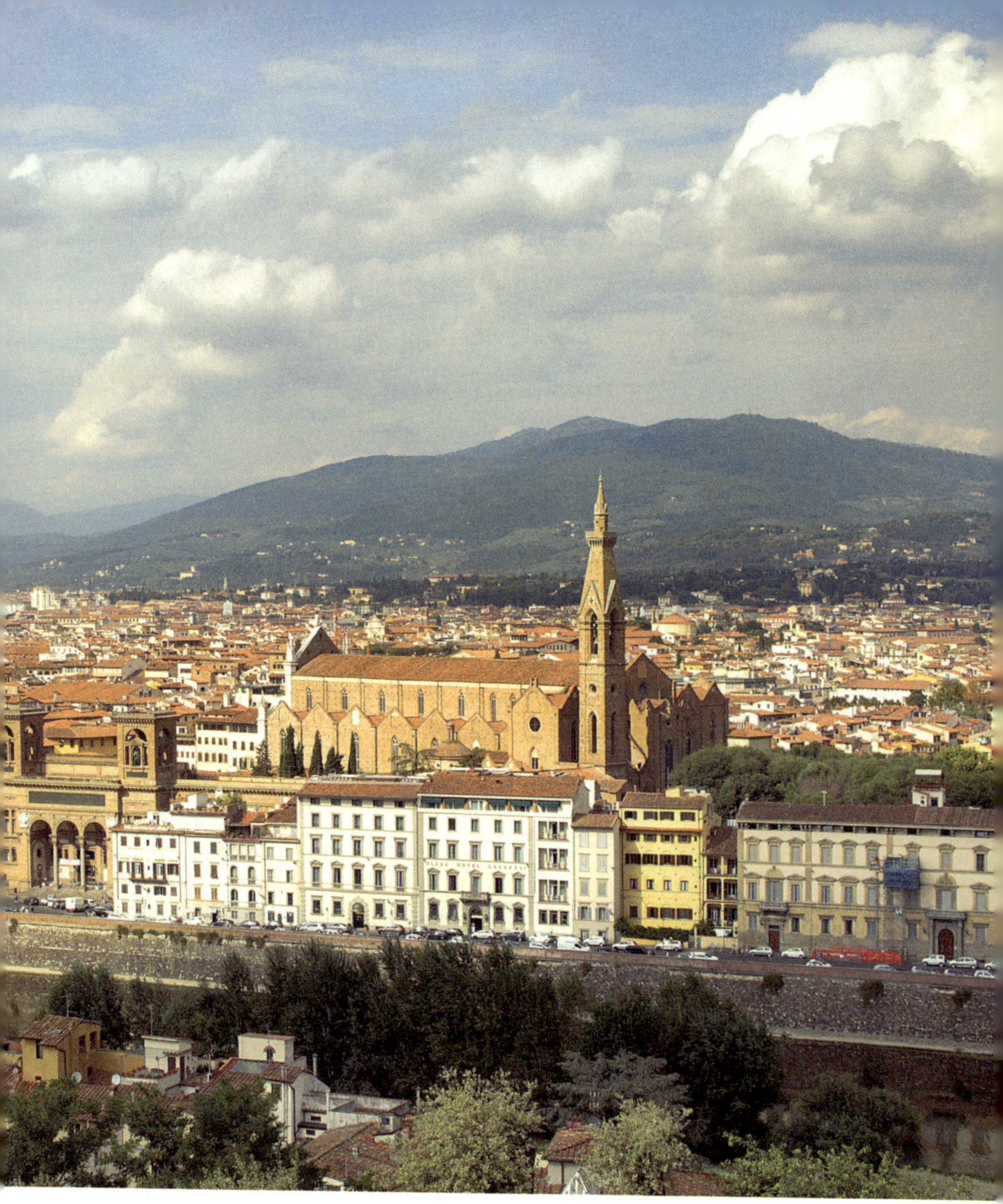

近订好了酒店。

另一件小事,发生在米兰的黄金四角街,两个彪形大汉突然蹿到面前要送我们一小截儿彩绳编织的幸运手链,灵巧细长的黑色手指迅速地在我们手腕上打了一个死结,然后掏出一枚指甲刀把多余的线绳剪掉。我们一人举着一支甜筒,还没反应过来发生了什么事,就被要求付钱,我们假装听不懂,大汉做了一个搓手指的动作,马小姐试图把手链拽下来还给他,另外两个同伙突然迎了上来,吓得我们赶紧丢了二十欧元给他,便落荒而逃。

去威尼斯的城铁买错了站,我们胆战心惊地跟着隔壁座的一家四口蹭了一站抵达渡口。夜里乘坐水上巴士前往主岛,两岸的百年建筑犹如鬼影,浪花声在安静的夜里格外昭彰,光影交错下,像是一只只蒙着床单试图翻进船舱的幽灵。酒店的装潢颇有年代感,像是美国恐怖片的复刻版,总觉得在这里会有什么离奇的故事发生。前台是一位年迈的绅士,眼镜松松垮垮地架在鼻梁上,我问酒店有没有拖鞋提供,他懒散地回答没有。我嘟囔了一句"为什么",他意味深长地回答:"我也想知道为什么。"那眼神、那语调都太适合"故事"的诞生。

米开朗基罗广场上有人求婚,我们跟着人群欢呼,大家有节奏地把手臂挥舞成人浪。那个被晒得懒洋洋的下午,大部分时间我们就这么坐在广场的台阶上,混在人群中,相机已经没有办法更生动地记录感官可以体验的瞬间。我们默契地停止交谈,言语在此刻显得多余。就连微风轻拂发丝带来的一阵骚动,也不能搅扰那一刻的平静。不知他乡，不念故乡，不寄望未来，也不怀旧过去，安安心心活在当下的宁静萦绕着我们。

在塞纳河畔，我们哼唱《旅行的意义》，我被马小姐不着四六的跑调笑得东倒西歪，没有谁在意两个中国女孩的失态，只有被这状似疯癫的快乐感染的路人，对我们回以微笑。马小姐突然说，人生的下半场我们要活得更精彩。这句话也不怎么掷地有声，轻飘飘地被风吹散了。

我不写游记，我的记录不具有攻略价值，对于旅途的风光名胜也未见得真心在意，就像我并不真心认为塞纳河就比潮白河优美，也不觉得惊艳了时光的百年古堡，比那城中村错落的棚户区更值得欣赏。我却始终记得罗马街头一对重逢的男女神采飞扬的惊呼，记得巴黎地铁站一位指导我们买票并索要报酬的吉卜赛人，记得斯里兰卡一位执意把我送到目的地的少女，记得九份的出租车司机像漫画《Keroro军曹》里Kururu的奇特笑声。

我记得的都是旅途中的人，一个个鲜活的存在。

那对重逢的男女，举止也并未如何异常，一个人骑着脚踏车，另一个人小跑着追上她，不需要言语，从他们惊讶的身体语言就能读懂"重逢"的意味。这充满画面感的场景发生在异国他乡，有了观看者的视角，便具有电影般的叙事意义，让人能够察觉到美好。那位流连于地铁站的吉卜赛人，流浪者的行头有一种神秘的审美趣味，他向我们提供帮助，索要报酬，似乎有些不合情，却合理。在斯里兰卡公交车上遇到的戴头纱的少女，热情地给我指路，因为路况复杂，执意

我记得的都是旅途中的人,一个个鲜活的存在。

下车陪我等换乘的公车，她不拒绝我的合照邀请，却始终避免直视镜头，她问我要了 E-mail 地址，问是否可以写信给我，我却未曾收到过她的邮件。常年往返于九份和台北的司机，却始终不曾有厌烦的神情，热衷于给我们介绍这一路的美食、地标和省钱攻略。返程的时候因为下雨，我们比约定的时间晚到了一会儿，不住地说着抱歉，他掐了烟头，缓缓吐出一道烟圈，侧头示意我们上车的动作颇为潇洒，轻轻松松，不以为意。

我想，所谓的"电影感"，或许就是凝视从冗长的人生中截取的片段，所赋予的意义感。像是飞机划过晚霞，树梢掠过天空，双手卡出边框，便是一幅美好的画卷。我们时常看云近，看人远。即便是再普通的人，加以个体叙事，都可以提炼出精彩的人生片段。

一个人和另一个人原来可以互为远方。

一段日常，假借他者的视角，也可以成为拂煦人心、为人生增色的片段。

心之所向，皆可为远方。

归根结底，是家人哪

我以前并不十分理解春节阖家团圆的意义。只是机械地执行着提前抢票，置办年货，并成为春运大军的一员。一想到春节，总是负累大于享受，尤其是像我们这样一年回家一次的返乡客，从初一吃到初七，每天聚餐不断，亲朋好友、同学旧识，午餐、晚饭、下午茶，恨不得见缝插针地把欠奉的一年给补回来。每年春节我都得备上点健胃消食片，在北京养成的一日两餐的胃实在是无福消受春节的热情。

离家这么些年，也有为数不多的几次春节滞留北京的经历。一次是老妈从成都飞来陪我过年，那时候我还在跟人合租一套老旧小区的小两室，我俩一人独占一屋，我在这厢看海贼王，老妈在那厢看《雪豹》。间或小憩，有人到客厅抽烟，打火机的声响像是召唤同伴的暗号，半分钟后另一个人必定趿拉着拖鞋，加入吞云吐雾的队伍。

春节期间，北京的街头是有几分冷清的，我们欣喜地享受着这份疏淡，在名胜古迹里挨个流窜。两个人不消大鱼大肉，三餐都很日常，心情好时我会下厨做个西餐，两人对酌一杯小酒，小情小调的，分外惬意。

第二次没回家过春节,是因为出版社有一本重点书要在春节期间印刷,我得在北京加班。为了过好这个一个人的年,我早早备好了年菜,羊肉炖胡萝卜、老妈蹄花、红烧五花肉……每一样都是功夫菜,将大把的时间浪费在洗、切、备、做的细节里。北方天黑得早,窗外是零星的爆竹声,我守在厨房的一星暖灯下看书,心很静,全然不觉寂寞。

我经常想,大概我是太耐得住寂寞,甚至是享受孤独的人,所以才对春节这种被热闹填满的时节有一种抵触。我甚至能理解那些被频繁吐槽的七大姑八大姨之间的八卦话题,亲人有时更像是被血缘捆绑的陌生人,同处一室,但有什么可聊的呢?无非是结没结婚,工资几何。就像明明不饿,却不住地往嘴里填塞干果、水果和糖果,这何尝不是一种抵消无聊的消遣呢?

所以,我也并不十分反感那些催婚的言论,我想他们也不是真的在意我有没有结婚,是不是幸福,就像我遇到亲戚的小孩,也时常不能免俗地问人家成绩好不好一样,不过是避免尴尬的社交方式罢了。

以前不爱过春节,不过是不爱热闹罢了。

不知道是不是因为岁月渐长,或者说是过够了一个人不羁的日子,这些年我逐渐对"家庭的日常"生出一些向往来。我妈家跟三姨家相距三公里,半个小时的步行距离。当天商量好中午吃饺子,早上我妈就会买好新鲜的肉、菜带去三姨家,两家人一起,剁肉馅,揉面,擀皮,包饺子。其实,我是吃不出这种手工饺子和速冻饺子的区别的,甚至觉得速冻饺子的口感还要更胜一筹。可是我很喜欢这种沉浸在一日三餐里的烟火气,很喜欢听她们计较"粮食猪"的肉就是要比"饲料猪"的劲道,也喜欢看她们关于手艺活儿的几分较量,有时没头没脑地争执几句,接着又讲起隔壁邻居的八卦,一派热火朝天的红尘喧嚣。

遇上成都冬天难得一见的暖阳,一家人会兴致勃勃地带上野餐垫和吊床,早早地在河滨草坪上占位,三五成群地用扑克牌一较高下。以前家里长辈总爱嘲笑我牌技不佳,说我的聪明都用在学习上了,典型的高分低能类型。每次我都气不打一处来,觉得这种说辞毫无逻辑可言,总是想要争辩一二。但近年来我会收敛锋芒,任她们调侃,笑意盈然地打一手烂牌,技不如人又怎样,就当给长辈的红包,心态一变,竟也能从这些讥笑的话锋里听出一丝温情来。

另一些风光初霁的日子,几家人必定是相约去集市溜达,或者开车去青城山脚下的农家乐摘草莓,随着露营风的荼蘼,家里人也置办了全套装备,热火朝天地在户外煮起了小火锅。姨爹、姑父年过半百,开始沉迷于摄影,每年都在升级装备,还无师自通地学会了Photoshop,家庭采风的作品,也越来越有专业格调,连我也乐得被指挥摆拍,当了几回模特。

以前我曾想过,也许亲人才是最不了解你的人。不像朋友、爱人是经过我们自由选择从而进入生命的人,要么三观相近,要么脾性相投,而家人是不由自己选择的、以血脉牢牢绊住我们的人。跟老妈拌嘴的时候,我玩笑似的说过:"如果你不是我妈,我可能一辈子都不会跟你有交集。"

我也曾为最亲的人无法理解自己而可悲可叹过。观念的差距，父母根深蒂固的经验主义，以及不容辩驳的"为你好"的初衷，都成了两代人无话可谈的原因，相处一室，手机不离手，刷抖音、打游戏、看看新闻似乎也比跟父母交谈有意义。这也是包括我在内的大多数人，对于逢年过节走亲串户的抗拒原因。

可是理解对家人来说真的有那么重要吗？难道妈妈是因为欣赏孩子的个性才爱孩子的吗？难道爸爸是因为跟孩子脾性相投才心疼孩子的吗？当我们遭遇挫折、失意，人生陷入低谷的时候，家人是理解了那些致使你悲伤、痛苦的原因，才决定支持、安慰和陪伴你的吗？当我们犯了错，说了伤人的话，是因为理解才被包容原谅的吗？

就像《请回答1988》里的经典台词：

> 或许，家人们最不懂，但懂不懂有什么可重要的呢？最终，消除隔阂的，不是无所不知的脑袋，而是手拉手，坚决不放的那颗心。归根结底是家人哪。
>
> 别说是英雄，哪怕是英雄他爷爷，最后那一刻，也要回到家人身边。出了家门从外面世界所受的伤害，各自在生活中留下的伤疤，甚至是家人留给我们的悲伤，最终站在我这边给我安慰的，还是家人。

也许是明白了这个道理，我才真正开始享受有家人相伴的日子，

伤心的时候也不在意对方是不是能够理解，
发泄般地抱怨着对这世界的失望和不满。

因为你知道,那说不出大道理的安慰,或是默默倾听的神态,
是有且仅有的,不以时间为转移,不以是非论对错的,让我心安的爱。

聊着无意义的家常，拌无伤大雅的嘴。伤心的时候也不在意对方是不是能够理解，发泄般地抱怨着对这世界的失望和不满。因为你知道那说不出大道理的安慰，或是默默倾听的神态，是有且仅有的，不以时间为转移，不以是非论对错的，让我心安的爱。